JN242398

十年屋

時の魔《ま》法《ほう》はいかがでしょう?

廣嶋玲子 作
佐竹美保 絵

静山社

十年屋　時の魔法はいかがでしょう？

もくじ

プロローグ

あまりにも愛《いと》おしいものだから、こわれてしまっても捨《す》てられない。
思い出がつまっている品だからこそ、どこかに大事に保管《ほかん》しておきたい。
意味があるもの、守りたいもの、そして遠ざけたいもの。
そんなお品がございましたら、「十年屋」にいらしてください。
あなたの想《おも》いとともに、お預《あず》かりいたしましょう。

1　懐《なつ》かしの白うさぎ

失いたくない。

リリは腕《うで》の中のぬいぐるみをぎゅっとだきしめた。

大きなうさぎのぬいぐるみ。名前はスノポン。リリの母さんが三歳《さい》のリリのために作ってくれた誕生日《たんじょうび》の贈《おく》り物《もの》だ。

だきしめた時から、リリはスノポンに夢中《むちゅう》になった。

雪のように白い、ふわふわのスノポン。黒いボタンの目がかわいいスノポン。とにかく大好きでしかたなくて、一時期はおふろやトイレも「スノポンと一緒《いっしょ》でなきゃいや！」と、わがままを言っていたほどだ。

十五歳《さい》になった今でも、スノポンはリリの大切な友達であり宝物《たからもの》だ。四年前、母さんが亡《な》くなってからは、いっそう愛《いと》おしさが増《ま》している。

スノポンは絶対《ぜったい》にそばからはなさない。たとえ、おばさんやおばあさんと呼《よ》ばれる歳《とし》になったって、スノポンはずっと私《わたし》と一緒《いっしょ》なんだから。

リリはそう決めていた。

でも、そんなことを言っていられなくなってきた。

去年、リリに新しい母さんができたのだ。新しい母さん、ナラさんはきれいで物静かで、リリにもとてもやさしかった。仲良くできそうだと、リリは少しほっとしたものだ。父さんのことはずいぶんうらんだけれども……。

でも、それから少しずつ家の中が変わりだしたのだ。

リリはある日、気づいた。母さんが残していったものが、少しずつ消えていることに。

居間《いま》の壁《かべ》かけは、いつの間にか見覚えのない野原の絵にかわっていた。

暖炉《だんろ》の上にあった犬の置物は、木彫《きぼ》りの人形にすりかわっていた。

母さんがちょこちょこ集めていた銀食器のコレクションも、バラ模様《もよう》のついた陶器《とうき》セットへと切り替《か》わっていた。

まさかと、リリはクローゼットを調べた。

ない。母さんの服をつめた箱がきれいになくなっている。愛用していたスケート靴《ぐつ》も、

「大きくなったらリリにあげるわね」と約束してくれていたネックレスも。

真っ青になってクローゼットの中を探《さが》していると、後ろから声をかけられた。

「あら、リリさん。何をしているの？」

振《ふ》り向《む》けば、ナラさんがいた。にこやかに穏《おだ》やかにこちらを見ている。

「な、ないの！　母さんのものがなくなってて……」

「ああ、そこにしまわれていた古いもの？　ええ、捨《す》てましたよ。服は虫食いだらけだったし、小物なんかも傷《いた》みがひどかったから」

それがどうかして？　と、ナラさんは笑顔《えがお》のままリリを見返してきた。

リリは金切り声をあげそうになった。

捨てた？　ナラさんのものじゃないのに！　母さんのものは全部、リリのものだ。そうしていいと、母さんが言ったし、父さんもそれを許してくれた。勝手に捨てるなんて、信

じられない。

だが結局、リリは叫《さけ》び声《ごえ》一つあげられなかった。ナラさんがあいかわらず笑っていたからだ。やさしい笑顔《えがお》。でも、その目は笑っていない。冷たくじっとりとした光を宿している。

怒《いか》りよりも恐怖《きょうふ》がわいてきて、リリはうつむいてしまった。

すると、ナラさんが言った。

「そのうさぎのぬいぐるみも、もう捨《す》てたほうがいいんじゃないかしら？　ずいぶんとぼろぼろだし。第一、十五歳《さい》にもなって、ぬいぐるみなんかで遊ばないでしょう？　私《わたし》が捨ててておいてあげましょうか？」

「だめ！」

リリは横に置いていたスノポンをあわててだきしめた。

「これは！　か、母さんが作ってくれた、大事なぬいぐるみなの！　宝物《たからもの》だから、絶対《ぜったい》捨てないで！　お願いだから！」

ナラさんは何も言わなかった。うなずきもしなければ、かぶりも振《ふ》らない。ただ笑ってリリとスノポンを見ていた。

ふいにリリは悟《さと》った。ナラさんはスノポンを捨《す》てる気だ。今日ではないし、明日でもないかもしれない。でも、リリのすきをついて、必ずスノポンを処分《しょぶん》するだろう。やさしい笑顔《えがお》のまま、この人は強引《ごういん》に残酷《ざんこく》に、リリから母さんの思い出をこそげとっていくつもりなのだ。

ナラさんが部屋から出ていったあと、リリは必死でスノポンを守る方法を考えた。

父さんに「母さんの形見をこれ以上捨てさせないで」とたのんでみる？　だめだ。ナラさんは父さんをうまく操《あやつ》る方法を知っている。「このままでは、あの子は悲しみにとらわれたままになってしまいます。過去《かこ》は切り捨てないと」とかなんとか言って、父さんをあっさり味方につけてしまうだろう。

学校には持っていけないし、家の中にはかくせない。ナラさんのことだ。きっと、すみずみまで調べ上げ、スノポンの居場所《いばしょ》を探《さぐ》り当ててしまうだろう。

ナラさんがスノポンをかくし場所から引きずり出し、勝ちほこった顔でゴミ箱へと向かう姿《すがた》が目に浮《う》かんだ。リリは気分が悪くなった。

ナラさんに捨《す》てられるくらいなら、いっそ自分の手で捨てたほうがまだましなんじゃないかしら。

暗い気持ちにとらわれ、リリはスノポンを見つめた。

かつての親友はぼろぼろだった。白かった毛《け》並《な》みはだいぶ黄ばんでいて、耳も片方《かたほう》、へたりとたれている。黒いボタンの目も、片方がとれかけている。

それでも、スノポンはスノポンだ。いったい、どれほど一緒《いっしょ》に遊んだことだろう。おままごとはもちろん、海賊《かいぞく》ごっこやかくれんぼもやった。一緒に公園や動物園にも行った。

こわい夢を見ても、スノポンをだきしめると、ほっとできたものだ。

そして、スノポンの横にはいつも、母さんの笑顔《えがお》があった。大切そうにリリを見つめる母さんの目は、太陽のように温かかったものだ。

記憶《きおく》がどっとよみがえってきて、リリは甘《あま》ずっぱい気持ちでいっぱいになった。

やっぱり捨てるなんてできっこない。ああ、でも、どうしたらいいんだろう？　何かいい方法はないかしら。あまりお金がかからず、大事なものを保管《ほかん》してもらえる場所。そんな都合のいいものがあったらいいいんだけど。

そんなことを思った時だ。

かたんと、窓《まど》のほうで音がした。何かが窓ガラスにぶつかったようだ。

リリは気になって、スノポンをだいたまま窓へと向かった。

おどろいた。窓枠《まどわく》のところに、一枚《まい》のカードがはさまっていたのだ。カードは温かみのあるセピア色をしていて、金と緑のすてきなつる草模様《もよう》が四すみに入っている。そして中心には、「十年屋」と大きく書かれていた。妙《みょう》に心をひきつけられる言葉であり文字だった。

どきりとしながら、リリはカードを手に取った。カードは二つ折りで、のりか何かで閉《と》じあわされている。ひっくり返してみると、こんなことが書かれていた。

「あまりにも愛《いと》おしいものだから、こわれてしまっても捨《す》てられない。思い出がつまっている品だからこそ、どこかに大事に保管《ほかん》しておきたい。そんなお品がございましたら、『十年屋』にいらしてください。あなたの想《おも》いとともに、お預《あず》かりいたしましょう」

「十年屋？」

リリは首をかしげた。

「これって、お店の名前よね？　このカードはお店の広告ってこと？　なんで窓《まど》から？　なんなの、これ？」

よく見ると、カードの下にはさらに一言、書かれていた。「当店においでになりたい方は、カードを開いてください」とある。

「地図がかいてあるのかも」

スノポンをわきにはさみ、リリはのりづけをぴりぴりとはがして、カードを開いた。とたん、ふわっと、淹《い》れたてのコーヒーのようなこうばしい香《かお》りがあふれた。それとともに、金茶色の光がつるばらのようにカードからのびてきた。光はゆるやかにリリに巻《ま》きつき、包みこむ。

びっくりしすぎて、こわいと思うひまもなかった。いや、びっくりしなくても、きっとこわくはなかっただろう。光も香りも、不思議な温かさ、やさしさに満ちていたから。

はっと気づいた時、リリは見知らぬ場所にいた。

そこはレンガ造《づく》りのお店が立ち並《なら》ぶ横町だった。うっすらと霧《きり》がたちこめていて、何もかも月色の光にぼかされている。昼間でも夜でもない、まるでムーンストーンの中に封《ふう》じられているかのような神秘的《しんぴてき》な雰囲気《ふんいき》だ。

並《なら》んでいるお店はどれも暗く、明かりがついていなかった。どうやら閉店《へいてん》中か準備《じゅんび》中のようだ。通りを歩く人もいない。

だが、一軒《けん》だけ、リリの目の前にあるお店だけは、明かりがついていた。ほかのお店と同じようなレンガ造《づく》りだが、ドアは白くぬられ、忘《わす》れな草《ぐさ》をかたどったステンドグラスの丸窓《まるまど》がはめこまれている。そのドアの上には、看板《かんばん》もあり、お店の名前らしきものが書かれていた。

リリは吸《す》いよせられるように一歩近づいて、看板を読んだ。

十年屋。

その文字は、夢見《ゆめみ》心地だったリリをわれに返らせた。

十年屋！　カードに書いてあったお店のことだ！

リリはごくりとつばをのんだ。

魔法《まほう》だ。今、私《わたし》、魔法を味わったんだ。

この世には魔法使いと呼《よ》ばれる人たちがいることは、リリも知っていた。その人たちは、とても数は少ないけれど、稀《まれ》な力、魔法《まほう》を使えるという。

(魔法と言えば、大叔母《おおおば》さんの家に、不思議なくるみ割《わ》り人形があったっけ。招《まね》かざるお客がやってくると、おもちゃの鉄砲《てっぽう》をぽんと撃《う》って、警告《けいこく》してくれるやつ。魔法使いからもらったって大叔母さんは言っていたけど……あれには確《たし》かに魔法が宿ってた)

けれど、自分が実際《じっさい》に魔法を体験するのは初めてで、もう胸《むね》がどきどきだ。

とにかく、リリは魔法によって招かれた。誰《だれ》に招かれたのかはわからないけれど、このお店に入らなくてはならないようだ。

「行こうか、スノポン」

腕《うで》にだいたスノポンにささやきかけ、リリはゆっくりと前に進んだ。

白いドアを開けると、ちりりと、ベルの軽やかな音がした。

お店の中は、意外と広かったが、物であふれかえっていた。

積み重ねられた本の山がいくつもある一方で、レコード、タンス、ベッドといった家具も秩序《ちつじょ》なく置かれている。こちらのすみには置時計やガラスの置物、あちらの奥《おく》にはピアノやバイオリンが無造作《むぞうさ》に置かれている。大きな木箱からは銀や金のネックレス、指輪やブローチがこぼれそうになっているし、古そうな樽《たる》の中には杖《つえ》や釣《つ》り竿《ざお》がぎっしりだ。

ここは骨董屋《こっとうや》のようだと、リリは思った。ガラクタ屋とは思わなかった。ガラクタにしか見えないようなぼろぼろの靴《くつ》やこわれたおもちゃ、わけのわからないものもたくさんあったけれど、その一つ一つが「大切なもの」、「かけがえのないもの」という雰囲気《ふんいき》をまとっていたからだ。

だから勝手に触《さわ》ってはいけない気がして、リリは両腕《りょううで》でスノポンをだきしめるようにして前に進んだ。

物と物との間にできたすきまのような道をおそるおそる進んでいくと、奥《おく》にカウンターが見えてきた。そこには、若《わか》い男の人がいた。

背《せ》の高い、スマートな男の人だ。真っ白なシャツの上にぴしっとしたセピア色のベストを着て、同じくセピア色のズボンをはいている。懐中時計《かいちゅうどけい》を持っているのか、金鎖《きんぐさり》がベストのポケットからのぞいており、履《は》いている飴色《あめいろ》の革靴《かわぐつ》もぴかぴかだ。首元にはあざやかなスミレ色のスカーフを巻《ま》いていて、それがすてきなインパクトとなっている。

ふわふわとした長い髪《かみ》は栗色《くりいろ》、目は深みのある琥珀色《こはくいろ》。銀縁《ぎんぶち》の細い眼鏡《めがね》が渋《しぶ》い。

若いのに、どこか古風なものを感じさせる男の人は、小さながいこつを耳にあてながら、羽根ペンで何やら紙に書いていた。

リリに気づくと、男の人はにこりと笑った。

「いらっしゃいませ。品物のお預《あず》けをご希望でいらっしゃいますか？」

「えっと……た、たぶん」

「さようでございますか。ただいま、手をはなせないので、どうぞ奥《おく》にてお待ちください。おおい、カラシ。お客様ですよ」

「はいなのです」

とたとたと、奥から一匹《ぴき》の猫《ねこ》が出てきた。オレンジ色のもふもふの毛並《けな》みに、緑の目をした猫だ。なんと、人間のように後ろ足二本で歩いている。おまけに、黒い蝶《ちょう》ネクタイに、銀の刺繍《ししゅう》がほどこされた黒いビロードのベストを着ていて、とてもかわいい。

おじぎをしたあと、猫は愛らしい声で言った。

「執事《しつじ》のカラシなのです。どうぞ奥へ、お客様」

「は、はい」

奥《おく》には、小さな部屋があった。立派《りっぱ》な暖炉《だんろ》の前に、丸いテーブルと、どっしりとした肘《ひじ》かけのあるソファーが二つ、置いてある。どうやら応接室《おうせつしつ》らしい。

ソファーの一つに座《すわ》るように言って、カラシはまたどこかに行ってしまった。

言われたとおりに腰《こし》かけながら、リリはきょろきょろと部屋を見回した。この部屋だけはきれいに片《かた》づき、そうじも行き届《とど》いている。きっと、さっきの猫《ねこ》がはたきやほうきでそうじしているに違《ちが》いない。その姿《すがた》を想像《そうぞう》し、「かわいい」と、リリはくすりと笑った。

と、カラシがもどってきた。美しいティーカップセットとクッキーが盛《も》られた器をのせたおぼんを持ってだ。

テーブルの上にカップを置き、お茶を淹《い》れてくれる猫に、リリは思わずささやいた。

「あなた、もしかして使《つか》い魔《ま》ってやつ？」

「違うなのです。カラシは、れっきとした従業員《じゅうぎょういん》なのです。三食つきで、お給料もちゃんといただいているなのです」

「そ、そうなんだ。ちゃんと働いてて、すごいね」

「ありがとなのです」

うれしそうに笑って、カラシはおじぎをした。

「どうぞ。冷めないうちに飲んでくださいなのです。クッキーも、よかったら食べてくださいなのです」

「いただきます」

リリはひと口紅茶《こうちゃ》を飲み、クッキーを一枚《まい》、口に運んだ。紅茶は香《かお》りも高く、きざんだココナッツ入りのクッキーはサクサクとして、おいしかった。

「おいしい！　これ、あなたが焼いたの？」

「はいなのです。お客様のお口に合って、うれしいなのです」

「ふふ。あなたって、ずいぶんまじめな感じなのね」

「よく言われるなのです」

「ね、ちょっとおしゃべりしてもいい？　あなたのほかにも猫《ねこ》の執事《しつじ》さんっているの？」

「このお店にはマスターとカラシだけなのです」

「マスターって、さっきカウンターにいた男の人ね？」

「はい。あれがマスターなのです。十年魔法《まほう》の使い手なので、十年屋と呼《よ》ばれているなのです」

「十年魔法《まほう》？」

それは何？　と聞こうとしたところで、あの男の人が応接室《おうせつしつ》に入ってきた。

「カラシ、ご苦労《くろう》さま。もういいよ」

「はいなのです。では、お客様、カラシはこれで失礼するなのです」

ぺこんとおじぎをして、カラシは立ち去った。応接室には、リリと男の人だけとなった。

リリはどぎまぎしながら男の人を見た。銀縁《ぎんぶち》の眼鏡《めがね》の向こうで、琥珀《こはく》色の瞳《ひとみ》がしっとりと輝《かがや》いている。わけもなく心を乱《みだ》される輝きだ。

男の人がにこやかに口を開いた。

「私《わたくし》は、俗《ぞく》に十年屋と呼《よ》ばれている者です。当店によくいらしてくださいました」

「あ、あの……私《わたし》、あの、何がなんだか……カードが急に来て、開いたら……」

「はい。当店を必要とされている方には、招待状《しょうたいじょう》が届《とど》くよう、手配しているのです」

「……あなた、魔法使いですよね？」

「ええ。魔法使いに会うのは初めてですか？」

「新聞や本で読んだことはあるけど、会うのは初めてです」

「そうですか。とにかく、私《わたくし》の招待《しょうたい》に応《おう》じていただけて、うれしいかぎりです。それだけ強くお悩《なや》みということですね？　そのぬいぐるみが悩みの原因《げんいん》と見ましたが、違《ちが》いますか？」

指摘《してき》され、リリはびくっとした。腕《うで》の中のスノポンをますますぎゅっとだきしめる。

なるほどと、十年屋は笑った。

「あなたにとって、それはとても大切なものなのですね。でも、捨《す》てろと言われている。それがいやで、当店の招待状《しょうたいじょう》を呼《よ》びよせたということなのでしょう」

「……魔法使《まほうつか》いって、心も読むんですか？」

「いいえ。ただ、当店をご利用になるお客様のほとんどが、思い出の品をなんとかしたいという方たちなので。……思い出の品は人それぞれ。ほかの人にはガラクタでも、その人にとってはかけがえのないもの。だから、捨てられない。捨てたくない。当店ではそういう品をお預《あず》かりする商売をしているのです」

リリははっとした。

「そ、それじゃ、スノ……ううん、このぬいぐるみも預《あず》かってもらえるんですか？」

「もちろんです」

ただしと、十年屋の目が少しするどくなった。

「ご存知《ぞんじ》かとは思いますが、魔法《まほう》には対価《たいか》が必要です。私《わたくし》が使うのは十年魔法、つまり時間です。ですから、お代としてお客様の時間を支払《しはら》っていただきます」

「私《わたし》の時間？」

「ありていに言えば、寿命《じゅみょう》です」

ぎょっとするリリに、魔法使いはなだめるように微笑《ほほえ》みかけた。

「寿命と聞いて、とんでもないと思うかもしれませんね。でも、どうか話を最後まで聞いてください。あなたの持ち物を十年間、このままの状態《じょうたい》で保存《ほぞん》いたします。お預かりしている間は、お品物にはいかなる劣化《れっか》、損傷《そんしょう》もありません。その対価として、あなたの寿命を一年分、いただきたいのです。いかがでしょう？　十年という時に対して、寿命一年。決して法外ではないはずですが」

「………」

「とにかく、お決めになるのはお客様です。どうかごゆっくりお考えください。そのぬいぐるみにそれだけの価値《かち》があるかどうかを」

老人が若者《わかもの》をさとすような、やわらかくも重みのある言葉だった。リリの心からゆるやかに恐怖《きょうふ》や不安が消えていった。

「……少し、考えさせてください」

「いくらでもどうぞ。私《わたくし》は席をはずしておきますから」

十年屋は静かに部屋から出ていった。

リリはスノポンと向き合った。すぐには決心がつかなかった。「スノポンのためなら」という気持ちと、「ぬいぐるみのためなんかに」という思いが、激《はげ》しくせめぎあう。

でも……。

リリはスノポンのとれかけのボタンの目を見た。母さんが作ってくれたもの。母さんの形見。このスノポンを捨《す》てたりしたら、きっと、私《わたし》は後悔《こうかい》してしまう。そういう後悔って、すごくいや。ずっと自分につきまとって、消えてくれないだろうから。

それに、スノポンを安全なところに避難《ひなん》させることは、ナラさんの企《たくら》みをつぶすことにもつながる。あの憎《にく》らしいナラさんの鼻を明かせるではないか。

……決めた。

リリは息を吸《す》いこみ、「十年屋さん」と呼《よ》んだ。

すぐに十年屋がもどってきた。

「心が決まったようですね」

「はい。寿命《じゅみょう》、払《はら》います。スノポンを預《あず》かってください」

「わかりました。では、さっそく契約《けいやく》へとまいりましょう」

十年屋はどこからともなく一冊《さつ》の黒革《くろかわ》の手帳と、銀色の万年筆を取り出した。

「まずは契約の内容《ないよう》についてご説明いたします。期間は十年。期間内であれば、品物はいつでも引き取ることができます。ただ、お預かりの期間が十年に満たなくても、支払《しはら》っていただいた寿命はお返しできません。そこのところはご了承《りょうしょう》ください」

「は、はい」

「十年経《た》ちましたら、こちらからお客様に期日満了《まんりょう》のお知らせをいたします。その時に品物を引き取りに来てもよし、もういらないものになったということであれば、正式に当店の所有物にさせていただきます」

よろしいですねと聞かれて、リリはうなずいた。

「では、お預《あず》かりする品物をしっかりとメモさせていただきましょう」

十年屋は手帳を開き、万年筆を使ってさらさらと書きつけ始めた。

「品種はぬいぐるみ。名称《めいしょう》は……そのぬいぐるみはなんという名前ですか？」

「スノポンです」

「では、名称はスノポン、と。預かり日は、大帝国《だいていこく》歴一四四年十月二十二日。……よし。では、こちらの下へサインをお願いします」

「は、はい」

リリは万年筆を受け取り、おどろいた。

重い。とても重いのだ。本物の銀製《ぎんせい》らしい。いや、それだけではない。ここには魔法《まほう》がこめられている。

もう後もどりはできないのだと、痛烈《つうれつ》に感じた瞬間《しゅんかん》だった。

だが、スノポンのためなのだ。

リリは、十年屋が広げて持っている手帳に、自分の名前を書きこんだ。インクと一緒《いっしょ》に、何かが自分から流れ出ていくのを感じた。寿命《じゅみょう》がとられていく。契約書《けいやくしょ》の中に吸《す》いこまれていく。それがはっきりとわかった。

それでも、リリは最後まで書ききった。

青ざめた顔をしている少女の前で、ぱたんと、十年屋は手帳を閉《と》じた。

「はい。これにて契約成立です。それでは、お品物をお預《あず》かりいたします」

差し出された手に、リリはスノポンをわたした。

「……だ、大事に預かっててください」

「もちろんです。傷《きず》一つつけず、このままの状態《じょうたい》でお返しいたします」

やさしくたのもしく十年屋は微笑《ほほえ》んだ。

そうして、十年屋とカラシに見送られ、リリはあの白いドアへと向かった。

途中《とちゅう》、リリは店をうめつくす品々を見た。

「もしかして、ここにあるものって、全部……」

「はい。すべて、かつてお預かりしていた品物、所有者が引き取りに来なかったため、当店の所有物になったものです」

「……引き取り手が来なくても、捨《す》てないんですか？」

「何一つ、捨てることはありません。ここでお預《あず》かりした品は、それだけ価値《かち》のあるものなのです。だから、こうして店内に並《なら》べて、新たな買い手を待つのです。こういう品物をほしがる人もいらっしゃいますから」

捨てられることは決してない。その一言に、リリはなんだかほっとした。

「それでは、いつかまた」

「さよならなのです」

十年屋とカラシの声に押《お》され、リリはドアの向こうに出た。通りの霧《きり》に包まれたところで、はたと気づいた。魔法《まほう》で呼《よ》び出されたから、ここがどこなのか、どうやって家に帰ったらいいのか、見当もつかない。

「あの、どうやって帰ったら……」

振《ふ》り返《かえ》ったリリは、言葉を失った。

もう、そこに十年屋とカラシの姿《すがた》はなかった。ステンドグラスがはめこまれた白いドアも、レンガ造《づく》りのお店も、霧《きり》に満ちた不思議な通りも消えている。

そこは見なれた自分の部屋だった。何もかも元どおりだ。何も変わったところはない。片《かた》づけの途中《とちゅう》で、ぐちゃぐちゃしている床《ゆか》の上に、リリは気がぬけたようにへたりこんでしまった。

いや、何もかもが元どおりではない。スノポンがいない。腕《うで》の中にも、部屋のどこにも。だって、魔法使《まほうつか》いの店に預《あず》けてきたのだから。

ふいに、胸《むね》がすうっと軽くなった。

もうスノポンのことは心配ない。少なくとも十年間は預かってもらえるんだから。ナラさんに何か聞かれたら「ちゃんと捨《す》てたから」と言えばいいし、とりあえずは今は問題解《かい》決《けつ》だ。

「……スノポン。私《わたし》、絶対迎《ぜったいむか》えに行くからね」

そうつぶやいてから、リリはぐちゃぐちゃにしてしまったクローゼットの中を片づけ始めた。

それからずいぶんと時が経《た》った。

最初のころはスノポンのことが気になってしかたなかったリリだったが、少しずつそれも薄《うす》れだした。なにしろ、毎日何かしら新しい出来事が起きるのだ。ナラさんと大喧嘩《おおげんか》して家出したり、父さんに「家がいやなら寮《りょう》に入りなさい」と言われたり、大学にすすんだり、すてきな男性に胸《むね》をときめかしたり。

記憶《きおく》は次々と上書きされていき、いつしかリリは十年屋のこともスノポンのこともすっかり忘《わす》れてしまった。

そうして……。

その日、リリは居間《いま》のソファーでのんびりと本を読んでいた。そばに置いたテーブルの上では、カップに入れたホットミルクが湯気を立て、そばに添《そ》えた小さなチョコレートがちょっとした贅沢《ぜいたく》だ。

優雅《ゆうが》なひと時を楽しみながら、リリは本のページをめくった。次のページには挿絵《さしえ》があった。小さな猫《ねこ》が塀《へい》の上を歩いている挿絵だ。

と、不思議なことが起きた。

ちらっと、絵の中の猫《ねこ》がこちらを見たのだ。

おどろいて声も出せずにいるリリの前で、猫はすっくと後ろ足で立ちあがり、手品師《し》のようにカードを取り出して、リリに向かって差し出してきた。

びっくりしつつ、リリは思わずそれを受け取ろうと手をのばした。

はらり。

開いた本から、一枚《まい》のカードが舞《ま》い落ちた。それを拾い上げて、あわてて本を見直したが、猫は元の絵にもどってしまっていた。もう動かないし、こちらを見ようともしない。

「いったい、どうなってるの?」

首をかしげながら、リリは本から出てきたカードを見た。つる草模様《もよう》にふちどられたセピア色の、二つ折りのカード。「十年屋」と優美《ゆうび》な字で書いてある。

「あっ!」

みるみるうちに、忘《わす》れていた記憶《きおく》があざやかによみがえってきた。どうして今まで忘れていたのか、不思議なくらいだ。

「スノポン……十年屋さん……カラシ……スノポン」

リリはあわてて、カードの裏側《うらがわ》を見た。こんなことが書いてあった。

「リリ・コーンタス様。十年越《ご》しのご挨拶《あいさつ》をさしあげます。お変わりなくお元気でいらっしゃいましょうか？　さて、当店にお預《あず》けになったお品物の保管《ほかん》期間終了《しゅうりょう》が近づいてきております。もし、ふたたびお手元に引き取りたいということであれば、このカードを開いてください。もはや不用ということであれば、このカードの上に×印を書いてください。それにて契約《けいやく》終了とさせていただき、お品物を正式に引き取らせていただきますので。なにとぞよろしくお願いいたします。十年屋より」

リリは二度読み返し、それからどさりとソファーに座《すわ》りなおした。

そうか。もう十年が経《た》ってしまったのか。考えてみれば、あの時は十五歳《さい》だったけれど、今はもう二十五歳。ひょろひょろだったかつての少女は、二年前に結婚《けっこん》して、今では立派《りっぱ》な若奥様《わかおくさま》だ。あのころを考えると、今の自分が大変身したように思えてしまう。

だが、きっと、スノポンは昔のままだ。

スノポン。母さんが作ってくれたうさぎのぬいぐるみ。とても愛《いと》しい、懐《なつ》かしい思い出の品。ナラさんに捨《す》てられそうで、それがいやで、必死で十年屋に預《あず》けたのだっけ。

大事なものを捨てられるかもしれないという焦《あせ》りや怒《いか》り、恐怖《きょうふ》。あの時感じた心の痛《いた》みを、リリはつぶさに思い出した。それでも気持ちは穏《おだ》やかだった。

こんなに穏やかでいられるのは、義理《ぎり》の母親ナラさんと和解《わかい》したからかもしれない。

二年前のリリの結婚式《けっこんしき》の前日、ナラさんは大きな箱をリリにわたしてきた。中には、リリの母さんの服や小物がぎっしりとつまっていた。

捨てたというのはうそで、実は全部しまっておいたのだと、ナラさんは白状《はくじょう》した。

「あの時は本当にごめんなさい。でも……言いわけさせて。あの家には、あなたのお母さんの気配が残っていた。食器棚《しょっきだな》のお皿も、置物も、ベッドカバーまで、全部あの人のもので、私《わたし》の居場所《いばしょ》がないように思えたの。それがこわくて、憎《にく》らしくて。私の家にしたくて、どんどん片《かた》づけたの。それに、お母さんを思い出させるものがなくなれば、あなたももっと私になついてくれるんじゃないかと。……あさはかだったわ。本当にごめんなさい」

泣きながら謝《あやま》るナラさんを、リリは許《ゆる》した。大事な品はもどってきたし、ナラさんの気持ちも、大人になった今ではわかる気がしたのだ。

そして二年経《た》った今では、なおさらナラさんの気持ちが理解《りかい》できる。

「あの人も……つらかったのよね。母親にならなくちゃいけないって、とても焦《あせ》っていたんでしょうね」

そうつぶやきながら、リリは自分のおなかをそっとなでた。大きくふくらんだおなか。あとふた月もすれば、子供《こども》が生まれてくる。

この子にスノポンをあげたい。きっとスノポンはリリの子供を守ってくれるだろう。リリにしてくれたように、子供によりそってくれるだろう。子供の話を聞き、悪夢《あくむ》を遠ざけてくれるだろう。古すぎないかって？　いやいや、きれいに洗《あら》えば、またふわふわの白い毛になるだろう。目だって、針《はり》と糸でちゃんとつけなおせばいい。

そして子供が大きくなったら教えてあげよう。「この子はね、あなたのおばあちゃんが作ってくれたの。お母さんのお友達だったのよ。一番大切なものだったから、一番大切なあなたにあげたのよ」と。

「スノポン……今、迎《むか》えに行くわね」

そうつぶやいて、リリはゆっくりとカードを開いたのだ。

2　傲慢《ごうまん》のアルバム

マカはめちゃくちゃ腹《はら》を立てていた。恋人《こいびと》のタンと喧嘩《けんか》をしたのだ。

喧嘩のきっかけは、ピクニックだった。休日、二人は海辺にピクニックに行く計画を立てていた。そのために、タンは友達から車をかりたり、ピクニックセットやパラソルを用意したりと、何日も前からいろいろがんばっていたのだが……。

当日になって、マカは急に行きたくなくなった。考えてみたら、海辺でピクニックなんて、ちっとも楽しくない。海風で肌《はだ》はべたべた、せっかくセットした髪《かみ》も乱《みだ》れるだろう。足が砂《すな》だらけになるのもごめんだ。それより昨日、新しい服と靴《くつ》を買ったから、街中を歩いて、見せびらかしたい。

だから迎《むか》えに来たタンに言ったのだ。

「やっぱりピクニックはやめ。今日は映画《えいが》にしない？」

このわがままに、いつもは穏《おだ》やかなタンがおこった。無言で車にもどると、マカを残して、さーっと走り去ってしまったのだ。

それから電話も手紙もくれない。もちろん会いに来ることもない。

これにマカは激怒《げきど》した。いつもわがままを聞いてくれていたタンが、こんなことでおこるなんてショックでもあった。

なによ。幼馴染《おさななじみ》なんだから、あたしの性格《せいかく》なんてわかりきってるでしょ？　こんなことでおこるなんて、最低。ああ、もうだめだめ。いつか結婚《けっこん》してあげようかなと思ってたけど、あんなやつ願い下げ。もっとすてきな人を探《さが》さなきゃ。

そういうことなら、思い切りよくタンのことを忘《わす》れなくては。

マカは大片《おおかた》づけにとりかかった。タンと関係のあるものを全部捨《す》てようと思ったのだ。

十七歳《さい》の時から付き合って、今はもう二十二歳。プレゼントしてもらったものは山ほどあるが、惜《お》しげなくゴミ箱にたたきこんでいった。

靴《くつ》、服、アクセサリーにかわいい小物、お祭りで手に入れた仮面《かめん》や射的《しゃてき》の景品。次々とゴミ箱に放りこみ、最後に、マカは分厚《ぶあつ》い写真のアルバムに手をのばした。これが一番重要だ。タンと別れるなら、絶対《ぜったい》に捨《す》てなくては。

でも、捨てる前にもう一度見ておこうと、マカはアルバムを開いた。どのページにもいっぱい写真が貼《は》ってある。全部、デート中にタンが撮《と》ったマカの写真だ。

タンは写真を撮るのが好きで、学生の間に一生懸命《けんめい》お金をためて、カメラを買ったのだ。マカにしてみれば、そのお金で何かすてきなプレゼントを買ってもらいたかったのだけれど。でも、まだめずらしいカメラでいっぱい写真を撮ってもらうのは、やっぱり鼻が高かった。

それに、タンが撮った写真の中のマカは、とてもきれいに見える。「タンの撮り方がうまいんだね」と、周りの人にからかわれるたびに、「実際あたしがきれいだからよ」と言い返していたけれど。こうやって見直すと、やっぱりきれいだ。

「笑って。うん、きれいだよ！　そのままじっとしてて」

カメラをかまえながら言ってきたタンの声が、よみがえってきた。それだけではない。

タンと一緒《いっしょ》に見た景色、一緒にデート先で食べたアイスクリームの味、初めてキスした時の胸《むね》のときめき。

次々と思い出におそわれて、胸が苦しくなった。涙《なみだ》さえ出てきた。

このあたしが、あんなやつのために泣くなんて。くやしい！

でも、どうしてだろう。このアルバムだけはどうしてもゴミ箱に入れられない。そんなことをしてはいけないような気がする。そう思ってしまうことが、これまたくやしいのに。

ぎりぎりと歯ぎしりをした時だ。ふいに、床《ゆか》の上にセピア色のカードがあることに気づいた。

こんなもの、あったかしら？　もしかして、今、ドアの下から入ってきたのかも。ということは、タンからの謝罪《しゃざい》の手紙だったりして！

アルバムを放り出して、マカはカードに飛びついた。差出人を確《たし》かめもせずに、二つ折りのカードを開く。

ばりっと音がしたかと思うと、こうばしい香《かお》りと金茶色の光があふれ、マカを包みこんだ。目がくらみ、顔をおおったマカだったが、光がおさまったのを感じて手を下ろした。

びっくりした。いつの間にか、霧《きり》に満ちた見知らぬ通りに来ていたのだ。レンガ造《づく》りの店が並《なら》んでいるが、窓《まど》やドアのガラスにはカーテンがかかり、人の気配もない。

ただ、一軒《けん》だけは様子が違《ちが》った。「ようこそ」と言わんばかりに温かな明かりを放っている。

「なんなのよ、もう！」

びくびくしながらも、マカはとりあえず明かりのついている店に入ることにした。ここがどこなのか、お店の人に聞いて、それから電話をかしてもらおう。タンにたのんで迎《むか》えに来てもらうのだ。いくら喧嘩《けんか》中とはいえ、まだ恋人《こいびと》だ。マカが困《こま》っているとわかれば、それこそすっとんできてくれるはずだ。

「……ま、そのあときっぱり捨《す》ててやるんだけどね」

別れを切り出したら、タンはどんな顔をするだろう？

そんなことを考えながら、マカはステンドグラスがはめこまれた白いドアを押《お》した。

ちりりりん。

すずらんを振《ふ》るような愛らしい音がした。

中に入って、マカは顔をしかめた。店の中は、ありとあらゆる物でごったがえしていたのだ。しかも、どれも古そうなものばかり。アンティークと言えば聞こえがいいが、あきらかにガラクタとしか見えないぼろぼろのものも多い。

「うげえ……」

マカは思わずうめいた。古いものなんて大嫌《だいきら》いだ。世の中には中古のものをありがたそうに使う貧乏人《びんぼうにん》もいるけど、自分は絶対《ぜったい》そうはなりたくない。

古いもののにおいが体や髪《かみ》にしみつきそうで、マカはいらいらしながらも前に進んだ。と、カウンターが見えてきた。そこには若《わか》い男の人がいた。真っ白なシャツに、セピア色のベストとズボンを着こなし、おしゃれな孔雀石《くじゃくいし》色のスカーフをしている。今時の若者にはめずらしいかっこうで、でも、それがぴったりと板についている。

ゆるくウェーブしたやわらかそうな栗《くり》色の髪《かみ》に、琥珀《こはく》色の目。銀縁眼鏡《ぎんぶちめがね》をかけていて、ちょっとじじくさい雰囲気《ふんいき》はあるけれど、その顔立ちはなかなか魅力的《みりょくてき》だ。とにかく、普《ふ》通《つう》とは違《ちが》う、「特別」という感じがする。

けっこういいかも。

マカは勝手に恋人候補《こいびとこうほ》に入れてしまうことにした。

男の人の前には、オレンジ色の猫《ねこ》もいた。どうやって仕込《しこ》んだのか、人間の子供《こども》のようにカウンターに腰《こし》かけ、足をぶらぶらさせながら、器用に前足でティーカップを持っている。おまけに、黒いベストを着て、蝶《ちょう》ネクタイまでつけている。

マカはまた顔をしかめた。猫は嫌《きら》いだ。前にひっかかれたことがあるから。

だから不機嫌《ふきげん》丸だしの声で言い放った。

「あの！」

「あ、お客様でしたか。これはいらっしゃいませ」

「別にお客とかそういうんじゃないんですけど。まず、その猫、どっかにやってもらえません？　あたし、猫は嫌いなの」

一瞬《いっしゅん》、むっとしたような顔をしたものの、男の人は猫にうなずきかけた。猫はうなずきかえし、カウンターから降《お》りて奥《おく》へと向かいだした。なんと、後ろ足二本でとたとたと歩いていく。遠ざかる猫に向かって、男の人が声をかけた。

「そうだ、カラシ。コーヒーもお茶もいらないからね」

「……もちろんなのです」

かわいらしい声で、猫《ねこ》が返事をした。

今度こそ、マカは仰天《ぎょうてん》した。猫がしゃべった。人間のように。男の人のほうも、当たり前のように声をかけていた。

ぐるぐると目がまわりそうだったが、ようやくわけがわかってきた。

部屋から一瞬《いっしゅん》で見知らぬ場所にやってきた。人間のように歩いてしゃべる猫がいた。なにより不思議な雰囲気《ふんいき》をまとった男の人がそこにいる。

「あなたって、もしかして魔法使《まほうつか》いってやつ？　うわ、すごい！　あたし、初めて見た」

「そうですか。でも、私《わたくし》のことなどどうでもよいことです」

ていねいな口調だが、どこかそっけなく男の人は言った。

「それよりお客様のほうが重要です。当店にいらっしゃったということは、何か捨《す》てがたいもの、保管《ほかん》したいものがおありなのですね。そのアルバムがそうですか？」

いつの間にか、マカは腕《うで》にあのアルバムをかかえていた。家に置いてきたはずなのに。

ますます魔法的だと、わくわくした。

「うん。これね、全部恋人《こいびと》が撮《と》ってくれたの」

「なるほど。ちょっと拝見《はいけん》させてください。ああ、よく撮れていますね。……撮った人の愛情《あいじょう》がこちらにまで伝わってきます」

「でも、その愛ももう冷めちゃったみたいで。あの人、急にあたしに冷たくなったの。もうだめなのよ、あたしたち」

悲劇《ひげき》のヒロインのように、マカはしおらしく涙《なみだ》ぐんでみせた。ついでに、涙をぬぐうふりをしながら、ちらっと、魔《ま》法使《ほうつか》いのほうをうかがった。でも、魔法使いの顔は淡《あわ》い微笑《ほほえ》みをたたえたままだった。少しの同情《どうじょう》も興味《きょうみ》もそこにはない。

ちょっとむっとしたものの、マカは必死に「かわいそうなあたし」を演《えん》じつづけた。べらべらと、いかにタンが薄情《はくじょう》で身勝手かを話したのだ。

「……そういうわけで、あたし、いったんまわりを片《かた》づけることにしたの。あの人に振《ふ》り回されるのはもうやめようって決めたわけ。で、このアルバムなんだけど……写っているのはあたしだし、なんか捨《す》てられなくて」

「確《たし》かに、その写真には撮り手の魂《たましい》がこもっていますからね。そうそうには捨てられないでしょう。なるほど、当店の招待状《しょうたいじょう》がお客様の元に届《とど》くはずです」

「招待状？　ああ、あのカードのこと？」

「はい。うちは十年を上限《じょうげん》に、お客様から大事なお品物を預《あず》かる店なのです。魔法《まほう》を使うので、預かったお品物が損傷《そんしょう》や劣化《れっか》することは決してありません。そのかわり、一年分の寿命《じゅみょう》を対価《たいか》として支払《しはら》っていただくルールとなっております」

どうしますかと、魔法使いはマカを見た。琥珀《こはく》色の目に、マカはうっとりした。これまでとてもめずらしい色の目だ。

つくづく、この人ってすてきかも。

「お客様？」

「え？　あ、えっと、なんだっけ？」

「ですから、当店をご利用なさいますか？　それとも、おやめになりますか？　十年という時間があれば、このアルバムを最終的にどうしたいか、決心やふんぎりがつくことでしょう。でも、一年の寿命が惜《お》しいということであれば、無理におすすめはいたしません」

あなた次第ですと言われ、マカは目まぐるしく考えた。

すでに、マカは決めていた。この魔法使《まほうつか》いを手に入れると。

魔法使いの彼氏《かれし》がいれば、いろいろと便利そうだし、ほかの人にも自慢《じまん》できる。絶対《ぜったい》に恋人《こいびと》にしたい。

そのためにも、つながりを作っておきたい。アルバムなんて、正直もうどうでもいいけど、預《あず》けておけば、この魔法使いにまた会う口実になる。寿命《じゅみょう》？　それがどうしたの？　払《はら》ったっていいじゃない。どうせ、たった一年だし。よぼよぼのおばあちゃんとして生きる分が一年分減《へ》るなら、そのほうがいいってものよ。

マカはうなずいた。

「いいわ。寿命を払うから、預かって」

「承知《しょうち》しました。では、契約書《けいやくしょ》の用意をいたします」

そのあと、魔法使いは契約の内容《ないよう》についていろいろと話してくれたが、マカはほとんど上の空だった。頭の中は、どうやって魔法使いを手に入れるか、恋人にできたらどんなお願いをしようかといったことでいっぱいだ。

だから、ただ適当《てきとう》にうなずいてばかりいた。そして、魔法使いが差し出してきた黒革《くろかわ》の手帳に、さっさとサインをしたのだ。

「これにて完了《かんりょう》です。アルバムはこちらでお預《あず》かりいたしますので。では、お気をつけてお帰りを」

ドアのほうを指し示《しめ》され、マカはちょっと焦《あせ》った。ここで帰ってしまったら、なんのために寿命《じゅみょう》を払《はら》ったかわからない。まだ名前も聞いていないのに。

そこで猫《ねこ》なで声でたずねた。

「ねえ、ときどきここに来て、アルバムを見直したりしてもいい？　ああ、それからあなたの名前は？」

「……お客様に名乗るほどの者ではございません。ただ十年屋とお呼《よ》びください。……あなたが本当にお求めの時、この店への道はふたたび開かれるでしょう」

さようならと、魔法使《まほうつか》いは言った。今度の声には少しするどさがこもっていた。

これ以上ごちゃごちゃ言わず、早く出ていきなさい。

そう言われた気がして、マカはちょっとかちんときた。

なによ。このあたしがせっかく知りあうきっかけを作ってあげようとしてるのに。いいわよもう。とりあえず今日は帰ってやるわ。

ぷりぷりしながらマカはお店の外に出た。

とたん、自分の部屋にもどっていた。本当に一瞬《いっしゅん》のことで、目をしばしばさせてしまったほどだ。なんだか夢《ゆめ》でも見ていた気分だが、魔法使《まほうつか》いに出会ったのはまず間違《まちが》いない。その証拠《しょうこ》に、部屋のどこを見回しても、あのアルバムは見当たらなかったのだ。

マカはニヤッと笑った。

あとは、またあの魔法使いに会いに行って、あたしの魅力《みりょく》に気づいてもらえばいいだけ。簡単《かんたん》よ。あたしはかわいいし、男の人の心をくすぐる甘《あま》え方も笑い方も知っている。魔法使いだからって、あたしの魅力からは逃《に》げられやしないわ。そうだ。ゴミを捨《す》てたら、新しい服でも買いに行こう。あの人が好きなタイプの女の子って、どんなだろう？　おしゃれだけど派手《はで》すぎない、淡《あわ》い色のワンピースなんてどうかしら？

そんなことを考えながら、マカはぱんぱんに膨《ふく》らんだいくつものゴミ袋《ぶくろ》を部屋から運び出しにかかった。

それから二週間が経《た》った。

マカは落ちこんでいた。理由は、魔法使《まほうつか》いに会えないことだ。

あれから何度も、あのお店に行きたいと願ったのだ。手を握《にぎ》り合わせて、祈《いの》りもした。

でも、だめだった。魔法が発動することはなく、あのお店も魔法使いも目の前に現《あらわ》れてはくれない。

自分から会いにいこうと思ったがあのお店があった場所や町の名前がわからない。これではいくら地図を調べても、どうにもならない。

やっぱり魔法使いを彼氏《かれし》にするなんて、無理なのかもしれない。

ようやくあきらめかけて、ほかの相手を探《さが》そうと思い始めた時だ。

思わぬ人がやってきた。元恋人《こいびと》のタンだ。

三週間ぶりに会うタンは、なんだかくたびれた様子だった。髪《かみ》はぼさぼさ、無精《ぶしょう》ひげだらけで、服もよれよれでみっともない。目の下にも濃《こ》いくまがある。

それでも、マカを見ると、その顔はぱっと輝《かがや》いた。

「マカ、元気にしてたかい?」

対して、マカは目をつりあげた。

「何しに来たのよ、いまさら！　目ざわりだから、とっとと帰ってくれない？」

とげとげしいマカに、タンは申しわけなさそうに目をふせた。

「本当にごめんよ。実は、あの時はものすごく気分が切羽《せっぱ》つまっていたんだ。君には話さなかったけど、ちょうどとても大きな仕事をまかされたばかりでね。その分、プレッシャーもストレスもすごくて。せめて休日の君との時間は楽しく過《す》ごそうと思っていたんだけど、君の一言がすごく気にさわっちゃったんだ。普通《ふつう》なら聞き流せることが、どうにも我慢《がまん》できなくて。ごめん」

「いまさら謝《あやま》ったって遅《おそ》いわよ。だいたい、三週間も経《た》ってから、のこのこ謝りに来るなんて。ほんと、どうかしてるんじゃない？」

「それにもわけがあるんだ。その大きな仕事でトラブルがあって、ぼくは仕事場から出られなくなってしまったんだよ。家にも帰れず、手紙を書く時間もなくて。……でも、がんばったかいはあったよ」

「えっ？」

「おかげで、重要なポストにつけることになったんだよ。お給料もぐんとあがるし、君のわがままだって、これからはいくらでも聞いてあげられる。……君の気まぐれと明るさが、地味なぼくには太陽のように必要なんだ。だから、マカ、ぼくのお嫁《よめ》さんになってください」

そう言って、タンはポケットから小さな箱を取り出して、マカにわたした。

中に入っていたのは、指輪だった。大きなダイヤモンドがはまっていて、きらきらと、まばゆいきらめきを放っている。

マカはその輝《かがや》きに目を奪《うば》われ、次にはタンの首にかじりついていた。

「いいわ！　もちろんよ！　そういうことなら、あなたのお嫁さんになってあげる！」

やっぱりタンが好き！　タンが一番！　あまりさえないけど、やさしくて、あたしの言うことをなんでも聞いてくれるし。しかも、今からお給料があがるってことは、将来《しょうらい》はお金持ちにだってなれるかも。その奥《おく》さんになるなんて、悪くないじゃない。

タンに指輪をはめてもらいながら、マカはこれからの幸せを考え、うっとりした。

それからは何もかもが順調だった。二人で住む家を探《さが》したり、家具や食器を買ったり。

なにより結婚式《けっこんしき》の準備《じゅんび》があった。招待状《しょうたいじょう》を作ったり、すてきなガーデンレストランを予約したり、大きなウェディングケーキを特注したり。

そして、もちろんドレス。

マカは、あちこちのお店をめぐり、小さな真珠《しんじゅ》を全体にちりばめた豪華《ごうか》なウェディングドレスを選んだ。ものすごく高かったが、これがいいと言ってゆずらなかった。

「だって、これって、ほんとあたしにぴったりなんだもの」

試着をしてご満悦《まんえつ》のマカに、「きれいだよ」と、タンも幸せそうに微笑《ほほえ》んだ。

「あ、そうだ。君、ぼくが前にあげた写真をまだ持っているよね？」

「ん？　なんでそんなこと聞くの？」

「せっかくだから、式場のあちこちにあの写真を飾《かざ》ろうと思って。式に来てくださるみなさんに、君がどんなにきれいだったか、今もどんなにきれいか、見せてあげたいんだ。いい考えだろう？」

「そ、そう？　うぬぼれてるみたいで、あたし、ちょっとはずかしいな。……それはやめにしない？」

「たのむよ、マカ。これだけはぼくのわがままとして聞いてくれ。ほかは全部、君の望みどおりにするからさ」

いつになく熱心にたのみこまれては、断《ことわ》れない。マカはしぶしぶうなずいた。

「わかった。ただ、あのアルバム、この前の大片《おおかた》づけでどこかにしまっちゃったの。探《さが》すのに手間取るかもしれないから、ちょっと待てる？」

「かまわないよ。結婚式《けっこんしき》までに見つけてくれればね」

「うん……」

それから二人はこじゃれたレストランで食事をし、ちょっと街を散歩して、それぞれの家に帰った。

自分の部屋にもどったとたん、マカは頭をかきむしった。タンの前ではずっとにこにこしていたけれど、内心では焦《あせ》りまくっていたのだ。

アルバム？　あるわよ。十年屋っていう変人魔法使《まほうつか》いのところにね！　もう、タンったら！　どうしてそういうことを言い出すの？　ああ、どうしよう？　今すぐあのアルバムがほしいのに！

アルバムを取りもどしたい。

そう強く思ったとたん、目の前に霧《きり》が広がった。

いつの間にか、マカはふたたび「十年屋」の前に立っていた。あの魔法使《まほうつか》いに会いたいと願った時は、全然叶《かな》わなかったのに。

「なんだかわからないけど、よかった！」

急いで中に飛びこみ、カウンターに向かった。

魔法使いがいた。またあの猫《ねこ》と一緒《いっしょ》だ。マカを見るなり、猫はさっと奥《おく》へと姿《すがた》を消してしまったが、そんなことはどうでもいい。

「おや、あなたでしたか。どうなさいました？」

物やわらかに聞いてくる魔法使いを見ても、もうマカの心はときめかなかった。

一時は焦《こ》がれるように会いたかった相手だが、タンのプロポーズを受けたあとでは、そこらの石ころと同じように見えた。得体のしれない魔法使いなんかより、未来が保証《ほしょう》されているエリート青年のほうがずっといい。

だから挨拶《あいさつ》もせず、あわただしくまくしたてた。

「あたし、恋人《こいびと》と仲直りしてね、結婚《けっこん》することにしたの。結婚式で昔の写真を飾《かざ》ることにしたから、あのアルバム返して。いいわよね？」

「ええ、もちろんです。十年以内であれば、お客様のお好きな時に引き取っていただけるご契約《けいやく》ですから」

魔法使《まほうつか》いはすぐにアルバムを持ってきてくれた。奪《うば》い取るようにそれを受け取り、マカはほっと息をついた。これで一安心だ。

同時に、ふと思った。

寿命《じゅみょう》も返してもらえないかしら、と。

考えてみれば、十年の対価《たいか》として一年分を払《はら》ったのだ。でも実際《じっさい》に預《あず》けていた期間は二か月だけ。たった二か月に、一年分の寿命は多すぎる。

払った寿命が惜《お》しくなったマカは、魔法使いに言った。

「ねえ、あたしの寿命も返してくれない？」

「なんですって？」

「だから、寿命を返してほしいの。だって、預けていたのは二か月だけだったんだから。

十年ならともかく、二か月のために一年分も寿命《じゅみょう》は払《はら》いたくないわ。どう考えても多すぎる。だから返して」

「それはできません」

「なんでよ？」

「そのことについては、事前にご説明したはず。たとえ、お預《あず》かり期間が十年に満たない場合でも、一年の寿命はお返しできないと」

「そんなの、聞いてないわ」

「…………」

「だいたい、そういう大事なことなら、契約書《けいやくしょ》なり、お店の壁《かべ》なりにしっかりと大きく書いておくべきじゃないの？　どこにもないじゃない、そんなの。魔法《まほう》で人をたぶらかして、自分の都合のいいように契約を結ばせるなんて、立派《りっぱ》な詐欺《さぎ》よ。犯罪《はんざい》だわ。あたしが警察《けいさつ》に言えば、あなた逮捕《たいほ》されるわよ」

「…………」

「そうなりたくないなら、早く返して！　返しなさいってば、この詐欺師《さぎし》！」

すっと、魔法使《まほうつか》いの顔がおそろしいほどの無表情《むひょうじょう》になった。

「いいでしょう。それほどおっしゃるのであれば、お返しいたします」

抑揚《よくよう》のない声で言うと、魔法使いは見覚えのある黒革《くろかわ》の手帳を取り出し、中のページを一枚《まい》切り取った。マカのサインが書かれた紙だ。それをマカへと差し出しながら、魔法使いは言った。

「これがあなたとの契約書《けいやくしょ》です。これを破《やぶ》れば、契約もまた破れ、寿命《じゅみょう》はあなたのもとへもどります。……あなたはずっとそうやって生きてきたのでしょうね。自分のわがままをごり押《お》しして、思いどおりにする。でも、そういう無理は、いずれ必ずあなたに返るでしょう。大きな代償《だいしょう》をともなってね」

「わけのわからない負《ま》け惜《お》しみはやめてよね。うっとうしい」

マカは鼻でせせら笑い、契約書をばりっと引きさいた。こまかく引きちぎり、それをわざとらしく床《ゆか》に落としたあと、「じゃあね」と、マカはお店を出た。

そうして、自分の部屋にもどったのだ。

「ああ、すっきりした～！」

アルバムはもどってきた。寿命《じゅみょう》も、ちょっとごねられたけれど、ちゃんと取りもどせた。何もかも自分の思いどおりにいったことに大満足だ。

さあ、これでもうなんの心配も問題もない。あとは結婚式《けっこんしき》を迎《むか》えるばかりだ。マカは指につけた婚約《こんやく》指輪をうっとりとながめた。

さらにふた月が過《す》ぎ、ついに結婚式の日となった。天気もすばらしくよく、ガーデンパーティにはうってつけ。大きなガーデンレストランを貸《か》し切《き》りにしてよかったと、マカは喜んだ。まさに、何もかも完璧《かんぺき》だ。

「でも、いちばん完璧なのは、あたしよね」

実際《じっさい》、選びぬいたウェディングドレスをまとったマカは、輝《かがや》くばかりに美しく、お祝いに来てくれたお客たちは誰《だれ》もがため息をついた。

「ほんと、きれいよ、マカ」

「まるで本物のお姫様《ひめさま》みたいだわ。ね、お式の前に、ここにいるみんなで記念写真を撮《と》りましょうよ」

「いいわね、それ。ねえ、カメラの人。こっちに来て、一枚撮《まいと》ってちょうだいな」

従姉妹《いとこ》たちや友達に囲まれ、楽しく笑いさざめきながら、マカはカメラに向かってポーズを取った。この日のためにプロの写真家をやとったのだ。きっとすてきな写真を撮ってくれるだろう。

「それじゃいきますよ。はい、笑って！」

パシャッと、大きな音がして、シャッターが切られた。

「今度はあっちのきれいな藤《ふじ》の花の下で撮らない？　ねえ、マ……きゃあああっ！」

マカのほうを見た友達が、いきなりすごい悲鳴をあげた。

「何よ！　びっくりさせないでよ、もう！」

「マ、マカ……あなたの顔、顔が……」

「え、うそ！　お化粧《けしょう》がとれちゃった？　いやだわ。誰《だれ》か、手鏡をかして」

「…………」

「どうしたの？　早くかしてってば！」

震《ふる》える手で、従妹《いとこ》の一人が手鏡をわたしてくれた。それをひったくり、マカは手鏡をのぞきこんだ。

一呼吸後《ひとこきゅうご》、マカは絹《きぬ》をさくような悲鳴をあげていた。

この悲鳴を聞きつけ、花婿《はなむこ》の部屋で待機《たいき》していたタンがかけつけてきた。

「どうしたんだ、マカ！　大丈夫《だいじょうぶ》……え？」

マカを見るなり、タンも凍《こお》りついた。

ついさっきまで若《わか》さにあふれていた二十二歳《さい》の花嫁《はなよめ》は、一気に歳《とし》を取ってしまっていた。肌《はだ》は少したるみ、しみやそばかすが出てきている。つややかだった髪《かみ》はつやを失い、白髪《しらが》もいっぱいまじっている。柳《やなぎ》のように細かった腰《こし》も、妖精《ようせい》のようだったしなやかな手足にもみっしりと肉がつき、今にもドレスがはじけてしまいそうだ。

どう見ても、二十年は経《た》ってしまったかのようなありさまだった。

「どうして！　どうしてこんな！　いやよ、いや！　こんなのいやあああ！」

錯乱《さくらん》し、泣きわめくマカ。あまりの事態《じたい》に、まわりの人たちは身動きすることもできず、見ているしかなかった。

が、一人の老婦人《ろうふじん》が進みでてきた。白髪頭で、腰《こし》が曲がり、杖《つえ》をついているが、その目はするどく、りんとしている。確《たし》か、タンの母方の大叔母《おおおば》さんに当たる人だ。

　大叔母さんは重々しく言った。

「こりゃ呪《のろ》いだね。あんた、何か魔《ま》法使《ほうつか》いをおこらせることをしたんじゃないかい？」

「え？」

　すぐさま十年屋のことが頭に浮《う》かんだが、マカは夢中《むちゅう》で首を横に振《ふ》った。あんなことくらいで、呪いを受けるいわれはない。

「そ、そんな……ちょ、ちょっと、払《はら》いすぎた対価《たいか》を返してもらっただけで」

「払いすぎた対価を返してもらった？　つまり、契約《けいやく》を破《やぶ》ったんだね？　ばかなことをしたもんだ。魔法使いにとって、契約は何より神聖《しんせい》で大切なこと。それを破られたら、当然おこるさね。……だが、その魔法使いはいいことをしてくれたよ。おかげで、あんたの性《しょう》根《ね》がわかったんだもの」

　冷たい口調で言ったあと、大叔母さんはタンに向き直った。

「タン。この結婚《けっこん》はやめておき。あんたにとって、この子はかけがえのないかわいい人なんだろう。今はわがままでも、真心をこめて接《せっ》していれば、いつか変わってくれる。あんたはそう思っているのかもしれない。でも、この子は変わりはしないよ。考えなしに魔法《まほう》を頼《たよ》り、あげく魔法使いをおこらせるような子だ。あんたが不幸になるだけだ」

マカは激《はげ》しい怒《いか》りに震《ふる》えた。混乱《こんらん》しきっていたが、自分への侮辱《ぶじょく》は許《ゆる》せない。

このばばあ、何を勝手なことを言うのよ。大丈夫《だいじょうぶ》。ちょっと歳《とし》をとったからって、タンはあたしを見捨《みす》てたりしない。だって、タンにはあたししかいないんだもの。あたしにぞっこんなんだもの。

「タン……愛してるでしょ？　あたしのこと、誰《だれ》より好きでしょ？　ねえ？」

甘《あま》えた声で、子犬のようなまなざしで、マカはタンにすがりついた。

タンはすぐさまひざをつき、マカをだきしめてきた。

「ああ、マカ……かわいそうに。でも、心配いらないよ。ど、どこの魔法使いに呪《のろ》いをかけられたかわかる？　ぼくが交渉《こうしょう》して、元にもどしてくださいと、たのむから」

「じゅ、十年屋っていうお店にいた魔法使いよ。……だいたい、あなたがいけないんだからね。あなたが急にアルバムの写真がほしいって言いださなければ、こんなことにならなかったのに。あなたのせいなんだからね」

思わずうらみごとを吐《は》くマカに、タンはびくりと体を震《ふる》わせた。

タンは、そろそろとマカをだきしめていた手をおろした。

「タン？」

「ぼくは……ぼくが少し我慢《がまん》すればいいと、そう思っていたんだ。本当の家族になれば……君が変わってくれるって……傲慢《ごうまん》だったね、ぼくは。君の人生も性格《せいかく》も、君自身のものなのに。変えようって考えること自体が間違《まちが》いなんだ」

すっと立ち上がり、タンは一歩あとずさりをした。

「……これからもマカらしく生きてほしい。ただし、ぼくぬきで」

「タン！　ま、待って！」

だが、タンはくるりと背《せ》を向け、そのまま一度も振《ふ》り返《かえ》ることなく去ってしまった。

マカは呆然《ぼうぜん》としていた。

タンが、あたしを残して行ってしまった。どこへ？　もうすぐ誓《ちか》いの言葉の儀式《ぎしき》なのに。

どうしてよ？　どこへ行っちゃったっていうの？

わけがわからず、周りを見た。

周りの人たちは、マカの家族をふくめて、信じられないものを見るような目でマカを見下ろしていた。そして……。

一人、また一人と、タンと同じように立ち去っていったのだ。

マカは一人残された。それでもその場をはなれなかった。

あたしは何も悪くない。そうよ。悪くなんてない。悪い魔法使《まほうつか》いがあたしに呪《のろ》いをかけたからいけないの。でも大丈夫《だいじょうぶ》。きっとタンはもどってきてくれる。おとぎ話の王子様のように、あたしを救いに来てくれる。

その言葉をオウムのようにくりかえしながら、ひたすら助けを待つマカ。

だが、迎《むか》えに来る人は誰《だれ》一人いなかったのだ。

3 約束の雪だるま

ロロは九歳《さい》の少年だ。九歳だけど、恋《こい》をしていた。相手は、隣《となり》のアパートに住んでいる八歳のカウリ。まつ毛が長くて、鈴《すず》のようなきれいな声をした女の子だ。ロロは、こんなにかわいい子はほかにいないと、いつも思っていた。

でも、カウリはとても体が弱かった。学校にも行けないので、いつも家庭教師《かていきょうし》が来ていたし、勉強が終わってからも外には出られない。カウリのママが絶対《ぜったい》に許《ゆる》さないからだ。

だから、遊べるのはカウリの家の中だけだった。ロロは、カウリを喜ばせたくて、いつも何か持っていった。学校帰りに見つけたどんぐりや鳥の羽根、変わった小石、それに図書館でかりてきた絵本。そういうものを、カウリはとても喜んだ。その笑顔《えがお》を見るだけで、

ロロはふわふわした気分になるのだ。

ある日、いつものように二人はカウリの部屋にいた。一緒《いっしょ》にどんぐりでコマ作りをしていたのだが、ふと、カウリが窓《まど》の向こうを見て、ため息をついた。

「もうじき冬ね」

「冬はきらい？」

「うん。だって、みんなが雪遊びしてても、あたしはだめなんだもの。雪で遊んじゃいけないって、いつもパパやママに言われるから」

雪だるま作りたいなぁと、さびしげにうつむくカウリ。これは元気にさせなきゃと、ロロはすぐさま言った。

「それじゃさ、今度雪が降《ふ》ったら、うんとすてきな雪だるまを作ってあげる。でさ、作ったら、カウリのところに持ってくるから。雪だるまの顔は作らないでおいておく。カウリがビー玉やボタンをはめて、好きな顔にするといいよ」

「ほんと？　それなら……ちょっと冬が楽しみになっちゃった」

にこっと、カウリが笑った。ロロが大好きな、春のたんぽぽのような笑顔《えがお》だ。

よし。これは気合いを入れて雪だるまを作らなくては。せっかくだから、普通《ふつう》の雪だるまじゃなくて、もっと凝《こ》ったやつにしよう。カウリは猫《ねこ》が好きだから、猫の雪だるまを作ってあげようかな。

そんなことを考えながら、ロロは雪が降《ふ》るのを今か今かと待った。

風は次第に冷たくなり、木にしがみついていた枯《か》れ葉《は》もどんどん落ちていく。ひりひりするような冷気がたちこめ、朝には霜柱《しもばしら》が立つようになり、そして……。

ついに、どっと雪が降った。待ちに待った雪、それも粉雪ではなく、しっかりと水気をふくんだ大粒《おおつぶ》の雪だ。これならいい雪だるまが作れる。

ちょうど日曜日だったので、ロロは朝の暗いうちから外に飛び出して行った。なにしろ、ほかの子供たちも雪遊びしたくてうずうずしているのだ。みんなに踏《ふ》まれて、かき乱《みだ》されては、せっかくの新雪がだいなしになってしまう。そうなる前に、できるだけ早く雪だるまを作らなくては。

ロロは近くの空き地にかけこんだ。思ったとおり、そこには雪が分厚《ぶあつ》く積もっていた。うれしいことに、まだ誰《だれ》にも踏まれておらず、きれいなままだ。

「よし！」

鼻息もあらく、ロロは雪だるま作りにとりかかった。まずは手に持てるだけの雪を持った。それをぎゅぎゅっと、できるだけかたく、しっかりとかためていき、雪玉にした。できた雪玉を転がしては、さらに大きくしていく。

「あんまり大きくしても、持っていけないからな」

適当《てきとう》なところで大きくするのはやめ、今度はそれよりもひとまわり小さな雪玉を作った。小さい雪玉を大きなほうの上にのせ、持ってきた水をふりかけた。この寒さで、たちまち凍《こお》りつくので、最高の接着剤《せっちゃくざい》だ。

そうして、二つをしっかりとくっつけたあとは、形作りだ。ロロは、図工が得意で、特に粘土細工《ねんどざいく》はクラスでも一番だ。町のちびっこ工作コンクールで優勝《ゆうしょう》したこともある。その腕《うで》を使って、雪だるまを猫《ねこ》の形に整えていった。とがった耳をつけ、顔のあたりをスプーンでけずって、鼻筋《はなすじ》や口元を猫らしくさせていく。

一時間以上かかって、ようやく満足できるものが出来上がった。誰《だれ》がどこから見たって、「これは猫だね。よく出来てるね」と言ってくれるだろう。あとは、ひげをつけ、目玉をはめこめば完成だ。その仕上げはカウリにさせてあげなくては。

ロロはそっと雪だるまを持ちあげ、赤ちゃんをだっこするように、大事に大事にだいて運んだ。雪だるまはすごく重かったから、何度も立ち止まらなくてはならなかったけれど、それでも一度も地面にはおろさなかった。

そうして、こわすことなく、無事にアパートの二階にたどりついたのだ。カウリの部屋の前に立ち、ロロは大声で呼《よ》んだ。

「カウリ！　ロロだよ！　開けて。カウリってば！」

いつもならすぐにカウリか、カウリのママがドアを開けてくれるのだが……。

その日は、いくら呼んでも誰《だれ》も出てこなかった。耳をすませても、ドアの向こうはしんとしている。

おかしいな。今日は病院に行く日じゃないはずなのに。

ロロは首をかしげた。

と、廊下《ろうか》のそうじのために出てきた大家さんが、こちらに気づいて声をかけてきた。

「そこの人たちなら留守《るす》だよ」

「どこか行ったの？」

「さてね。なんか夜にばたばたと出ていったね。おじょうちゃんがだいぶ具合が悪そうで、旦那《だんな》さんが毛布にくるんでだいていたから、病院にでも連れていったんじゃないかね」

「…………」

「まあまあ、そんな顔をするもんじゃないよ。あんたのかわいいガールフレンドは、きっとすぐに元気になってもどってくるって。今までだってそうだったじゃないか」

にやっと笑われ、ロロは内心むっとした。

いつも大人ってこうだ。ぼくみたいな子供《こども》が好きな子がいるって言うと、ばかにしたみたいに笑うんだから。

むしゃくしゃしつつも、大家さんにお礼を言って、ロロは自分のアパートにもどった。

部屋の中には置いておけないので、ベランダに雪だるまを運んだ。ここはちょうど日が当たりにくいし、とても寒いから、当分とけることはないだろう。

あとは、カウリが帰ってくるのを待つばかりだ。また急に熱が出てしまったのだろうけど、病院で注射《ちゅうしゃ》をすれば、いつもけろっとよくなるのがカウリだ。だから、今回だってすぐにもどるはず。

カウリの帰りを見逃《みのが》さないために、ロロは窓際《まどぎわ》に陣取《じんど》って、外を気にしながらパズルで遊んだ。

だが、その日一日待っていたのに、カウリもカウリの両親ももどってこなかった。だんだん暗くなる空を見て、ロロは不吉《ふきつ》なものを覚えた。

もしかして、カウリの具合はいつもより少し悪いのかもしれない。

はたして、その予感は当たった。次の日も、そのまた次の日も、カウリはもどってこなかったのだ。

これはいつもとは違《ちが》う。

心配でたまらず、ロロは毎日カウリのアパートの廊下《ろうか》をうろうろとした。

そんなロロに、大家さんがくわしいことを話してくれた。ロロが学校に行っている間、一度、カウリのママがもどってきたそうだ。やっぱりカウリの体調はすごく悪く、手術《しゅじゅつ》を受けることになったらしい。この冬いっぱい入院することになりそうだと、カウリのママは話したそうだ。

とんでもない話に、ロロは目の前が真っ暗になった。そんなに悪いなんて、思いもしなかった。ついこの前まで、二人でけらけらと楽しく笑っていたのに。手術《しゅじゅつ》、痛《いた》いだろうか。カウリは大丈夫《だいじょうぶ》だろうか。泣いていないといいんだけど。

不安なことばかりが頭に浮《う》かんだ。

そんなロロに、さらなる追いうちがかけられた。

その夜、夕食の席で、母さんが何げなく言ったのだ。

「そうそう。ラジオで言っていたんだけど、明日は春みたいに暖《あたた》かくなるんですって。この雪も一気にとけるでしょうね」

「へえ、そりゃいいね」

父さんがうれしそうにうなずいた。

「この寒さが和《やわ》らぐなら、大歓迎《だいかんげい》だ。ただし、雪どけで道がぐしゃぐしゃになるのは、ちょっと困《こま》るけど」

「明日は長靴《ながぐつ》をはいていったほうがよさそうね」

浮かない顔で皿の上のポテトをつついていたロロだが、この会話を聞いて、はっとした。

暖《あたた》かくなる？　雪がとける？　そんなことになったら、ぼくの雪だるまは？　これまで毎日寒くて、おかげできれいに取っておけていたのに。あれがちょっとでもとけてしまったら、だいなしだ。カウリにあげようと、一生懸命《けんめい》作ったのに。一目でも見せてあげたいのに。

ロロは焦《あせ》った。

こうなったら、病院にまで運ぶ？　いや、遠いから絶対《ぜったい》無理だ。雪だるまは重いし、道はぬかるんで、歩きにくくなっているだろう。のろのろしていたら、すぐに雪だるまそのものがとけてしまう。どこかにしまっておきたいけれど、冷凍庫《れいとうこ》に入るような大きさじゃないし。ああ、どうしよう！　どうしたらいいんだろう！

気もそぞろに夕食をたいらげ、ロロはベランダに出た。空気は冷たかったが、昨日ほどではない。母さんが言ったとおり、間違《まちが》いなく明日は暖かくなりそうだ。

泣きそうになりながら、ベランダのすみにある雪だるまを見た。そしておどろいた。猫《ねこ》の雪だるまの頭、耳と耳の間に、一枚《まい》のカードがのっていたのだ。

二つ折りのこげ茶色のカードだった。金色と緑色のつたのような模様《もよう》が縁《ふち》のところをはっていて、銀色のインクで「ロロ様へ」と記されている。

どきりとした。何度見ても「ロロ様へ」と書いてある。つまり、ロロ宛《あ》てに届《とど》いたカードだということだ。でも、どうして雪だるまの上に？　これじゃまるで、どこかから風で飛ばされてきたみたいじゃないか。

不思議な出来事に、どんどん胸《むね》が高鳴ってきた。

これはきっと、ちゃんと意味のあることなんだ。だから、ぼくはこのカードの中身を確《たし》かめなきゃならない。

意を決して、ロロはカードののりづけをはがし、本を開くようにカードを開いた。

とたん、なんともすてきな香《かお》りに包まれた。まるで炒《い》ったばかりのアーモンドかヘーゼルナッツのような香りだ。

おどろくロロの体に、カードからのびてきた金色の光がからみつく。そのまま何かに吸《す》いこまれるような心地がしたかと思うと、ふいに光が消えた。

ロロは、まったく知らない場所に立っていた。

「な、何？　なんだよ、ここ！」

おろおろと周りを見回した。見れば見るほど、おかしなところだった。今は夜のはずなのに、空は暗くもなければ昼間のような明るさもない。ただただ灰色《はい》にぼやけている。空だけでなく、ここの通りそのものがそうだった。深い霧《きり》がゆったりと漂《ただよ》っているせいだろう。歩いている人もいないし、並《なら》んでいる建物は暗く、静まり返っている。

ただ一軒《けん》だけ、目の前にある家は窓《まど》から明かりがこぼれていた。白いドアについた丸窓には、きれいなステンドグラスがはめられている。「営業中」と書いた札がかかっているところを見ると、どうやらお店らしい。

そして、この店はロロを呼《よ》んでいた。

いらっしゃいませ。お待ちしておりましたよ。

そんな声が聞こえてきそうなほどだ。

ロロはそこに入ってみることにした。お店の呼び声は魅力的《みりょくてき》だったし、体がとても冷えてきていたからだ。どこだかわからないけれど、このままじっとしていたら風邪《かぜ》をひきそうだ。とにかく少しでも暖《あたた》かいところに行きたい。

両腕《りょううで》をさすりながら前に進み、ドアを開いた。

お店の中は、古そうなものでいっぱいだった。ぼろぼろのものもたくさんあったけれど、なんだか宝物《たからもの》みたいなすてきな雰囲気《ふんいき》がある。

ここで宝探《たからさが》しなんかしたら、掘《ほ》り出《だ》し物《もの》がいっぱい見つかりそうだ。今度カウリを連れてきてあげたいな。

わくわくしてくる心をおさえ、ロロは慎重《しんちょう》に品物の間をすりぬけていった。

奥《おく》には若《わか》い男の人がいた。あのカードと同じこげ茶色のベストにズボンをはき、きれいな白と金色のスカーフをつけている。ふわっとした髪《かみ》は栗《くり》色で、銀色の細い眼鏡《めがね》がかっこいい。

だが、見てくれは申し分のない紳士《しんし》だったが、やっていることは奇妙奇天烈《きみょうきてれつ》だった。

男の人はなんと、シャボン玉を吹《ふ》いていたのだ。細いストローをくわえ、ふうっと、大きなシャボン玉を真剣《しんけん》な表情《ひょうじょう》で作っていく。そして、カウンターに置いてあったぼろぼろの絵本に、シャボン玉を押《お》しつけたのだ。

普通《ふつう》ならぱちんとはじけるはずなのに、このシャボン玉は割《わ》れなかった。それどころか、ぽんっと、小さな音を立てて、絵本を中に吸《す》いこんでしまったのだ。

絵本を入れたまま、ふわわふと浮《う》かぶシャボン玉。それに糸をつけて、風船のようにしながら、男の人はつぶやくように歌った。

忘《わす》れな草に時計草、時の流れを食い止めよ
モッコウバラに日々草《にちにちそう》、十年の籠《かご》を編《あ》みあげよ
人の想《おも》いをしまうため。過去《かこ》を未来に運ぶため
涙《なみだ》のしずくを微笑《ほほえ》みに、悔《く》やみの苦みをまろやかに
束ねてまとめて、守りなさい

歌い終わると、男の人はまたストローをくわえ、シャボン玉を作り始めた。カウンターには、ほかにもいくつか品物が置いてあった。欠けたお皿、黒ずんだ銀のネックレス、汚《よご》れた子供《こども》の靴《くつ》に乗馬用の鞍《くら》。そのすべてに、男の人は同じようにシャボン玉を押《お》しつけ、シャボン玉の中に入れるつもりらしい。なんのためなのかは、さっぱりわからない。

ただ、これだけはわかった。

ここはただのお店じゃないし、この男の人もただ者じゃない。この人が使っているのは……。

「ま、魔法《まほう》だ……」

思わずもれてしまったロロのつぶやきは、男の人の耳にも届《とど》いたらしい。男の人がロロのほうを向いた。

「これはこれは、いらっしゃいませ。十年屋へようこそ」

「じゅ、十年屋？」

「はい。この店の名前であり、オーナーである私《わたくし》の呼《よ》び名《な》でもあります。……お客様、凍《こご》えているのではありませんか？　これはいけない。まずは奥《おく》へ。ちょうどこちらも手をはなせないところですし、お客様のお体が温まってから、取引のお話をいたしましょう。カラシ！　来ておくれ」

「はいなのです」

子供《こども》のような声がして、奥から一匹《ぴき》の猫《ねこ》が走ってきた。なんと、二本足で立ってだ。服も着ていた。もふもふのオレンジ色の毛並《けな》みの上に、黒いベストと蝶《ちょう》ネクタイがよく似合っている。

十年屋と名乗った男の人は、猫《ねこ》に言った。

「お客様を応接室《おうせつしつ》にお連れして。暖炉《だんろ》に火を入れて、あと、何か温かいものをさしあげておくれ」

「かしこまりましたなのです」

どうぞと、猫はロロを奥《おく》の小さな部屋へと案内してくれた。ロロをソファーに座《すわ》らせ、ふかふかのブランケットをすぐに持ってきてくれた。さらに、暖炉のまきにもてきぱきと火をつけ、ふいごで大きくしていく。

ロロはひたすら感心してしまった。

「すごいなぁ。猫なのに、すごいなぁ」

「カラシは、ここの執事《しつじ》なのです。これくらい、できて当然なのです」

謙遜《けんそん》しながらも、猫のカラシは得意そうだった。ひげがぴくぴくしている。

暖炉の火が勢《いきお》いよく燃《も》えだすと、カラシは一度どこかに行き、大きなマグカップとマフィンがたくさん入ったバスケットを持ってもどってきた。

「はい。どうぞなのです」

「ありがと」

マグカップには、赤みがかった紅茶《こうちゃ》がなみなみと入っていた。しかも、イチゴジャムがたっぷり入っている。紅茶にイチゴジャムを入れるのは、ロロがいちばん好きな紅茶の飲み方だ。ロロは思わずカラシに聞いた。

「ど、どうして、ぼくがいちばん好きな紅茶がわかったの?」

「なんとなくなのです。お客様の顔を見て、ぴんときたなのです」

「へえ、魔法使《まほうつか》いの飼《か》い猫《ねこ》って、ほんとすごいんだね」

「飼い猫ではなく、執事《しつじ》なのです。ちゃんとお給料もいただいているなのです」

ほこらしそうに、カラシは胸《むね》をはってみせた。

ロロはありがたく紅茶をいただくことにした。ジャム入り紅茶は、とても甘《あま》くて熱くて、飲むと体がぽかぽかとしてきた。かじかんでいた指先や足のつま先、鼻の先にも、みるみる血が通っていくのがわかる。

人心地ついたロロは、マフィンも食べてみた。これまたおいしかった。中にドライフルーツがどっさりねりこんであって、ひと口食べるごとに、いろいろな味が舌《した》の上で躍《おど》っていく。リンゴ、レーズン、ナッツ、イチジク。ほのかに香るラム酒もいい。夕食を食べたばかりだというのに、いくらでもおなかに入ってしまう。

あっという間に二つ食べ、三つ目に手をのばそうとしたところで、あの男の人が部屋に入ってきた。

ロロの顔を見るなり、男の人は微笑《ほほえ》んだ。

「よかった。血の気がもどってきていますね。最初にお会いした時は、幽霊《ゆうれい》かと思ったほどですよ。こんな寒い日にこちらに来ていただけるとは。いったい、何をお困《こま》りですか?」

「何って……あの、ぼく、まだよくわかんないんだけど……茶色のカードを見つけて、開いたら、急にここに来ちゃって……」

「はい。当店がお客様にお送りしている招待状《しょうたいじょう》です。大切なものをどこかに預《あず》けたい。そういう望みをお持ちのお客様には、自動的に招待状が届《とど》くようになっているのです」

大切なものをどこかに預けたい。

この言葉に、ロロは納得《なっとく》した。

そうか。だからぼくにも招待状《しょうたいじょう》が届《とど》いて、ここのお店に来ることができたんだ。でも、預《あず》けたいものが雪だるまと聞いたら、この人はおこるだろうか？　きっとおこるだろう。あるいは、「そんなものは預かれない」と、そっけなく断《ことわ》ってくるかもしれない。

ロロはおそるおそる言った。

「ぼくが預かってもらいたいのって、ゆ、雪だるまなんだけど」

「氷であろうと、火花であろうと、この店で預かれぬものはありませんよ」

「あと……お金もあまりないんです」

「大丈夫《だいじょうぶ》です。この店ではお金はいただきません。お支払《しはら》いは、お客様の時間でお願いしております」

「時間？」

「ありていに言うなら、寿命《じゅみょう》です。ああ、でも心配はいりません。いただくのは一年分だけですし、それに……私《わたくし》が見たところ、お客様はたっぷり寿命をお持ちのようですから」

にこりと笑いかけられ、ロロはぞくりとした。この人は本物の魔法使《まほうつか》いなんだと、はっきりと悟《さと》った。

じいちゃんが前に言っていたっけ。魔法使《まほうつか》いは、不思議な力を持っていて、たのめば助けてくれる。けれど、ただではない。使った魔法の分だけ、必ず代償《だいしょう》を求める。だから、その代償を払《はら》う覚悟《かくご》がなかったら、絶対《ぜったい》にたよってはいけないんだと。

ロロは震《ふる》えながら、もう一口、紅茶《こうちゃ》をすすった。甘《あま》い紅茶は、少し心を落ち着かせてくれた。

「……ぼく、長生きできそうですか？」

「はい。事故《じこ》などに巻《ま》きこまれなければ、八十三歳《さい》までは生きられるでしょう」

八十三歳。もし、一年分の寿命《じゅみょう》を払ったとしても、八十二歳まで生きられる。十分すぎるほど長生きだ。

それでも、寿命を払うのはおそろしいと思う。たった一年分であっても、自分から何かを奪《うば》われるというのはこわい。

どっどっどと、耳の奥《おく》で激《はげ》しく耳鳴りがした。

やっぱりやめようかな。カウリにはまた別の雪だるまを作ってあげればいいじゃないか。

雪だるまなんて、雪が降《ふ》ればいつだって作れるわけだし。

　ここで、カウリの顔が頭に浮《う》かんだ。雪だるまを作ってあげると言った時、とてもうれしそうにしていたカウリ。病院からもどってきた時、雪だるまを見せたら、どんなに喜ぶだろう。そうだ。やっぱりあの雪だるまじゃなきゃだめなんだ。今年、また大雪が降るかわからない。なにより、あの猫《ねこ》の雪だるまは本当によくできていた。あれだけの力作がまた作れるかどうもわからないんだから。

　ついに、心が決まった。

「預《あず》けます」

「寿命《じゅみょう》を払《はら》うのですね？」

「うん」

「ありがとうございます。私《わたくし》があつかえる時間魔法《まほう》の上限《じょうげん》は十年。ですので、最長十年まで、お品物をお預かりいたします。もちろん、十年以内であれば、いつでもお品物を引き取りにこられます。ただ、お預かり期間がどんなに短くても、支払《しはら》っていただいた寿命はお返しできません。そのことはしっかりと心に刻《きざ》んでおいてください」

そう言いながら、男の人は壁《かべ》を指さした。そこには白いキャンバスがかけられていて、「一度支払《しはら》っていただいたお時間は、お返しいたしません」と、でかでかと書いてあった。

「いいですね？　しかと承知《しょうち》してくださいましたね？」

いやに念《ねん》をいれてくる十年屋に、ロロはしっかりとうなずきかえした。

どのみち、そんなに長いこと預《あず》けることにはならないだろう。カウリがもどってきたら、すぐにも引き取って、プレゼントするつもりなのだから。だから、期限《きげん》や支払う寿命《じゅみょう》の長さに文句《もんく》をつける気はなかった。

それが伝わったのだろう。ほっとしたように十年屋がうなずいた。

「それでは、お預かりする品ですが、そちらの雪だるまで間違《まちが》いないですね？」

はっと横を見れば、いつのまにかロロの隣《となり》にあの雪だるまがあった。家のベランダにあったはずなのに。

おどろきで声が出ないロロの横で、十年屋が納得《なっとく》したようにうなずいた。

「なるほど、すてきな雪だるまですね。でも、このままではとけてしまう。先に保存《ほぞん》の魔《ま》法《ほう》をかけてしまいましょう」

十年屋はポケットからストローをとりだし、ふうっと、息をふきこんだ。たちまち、ストローの先から虹《にじ》色のシャボン玉が出てきた。ぐんぐん大きくなっていくが、はじける様子はまったくない。

雪だるまが入るほどの大きさになると、十年屋はシャボン玉を軽くつつき、雪だるまにくっつけた。

しゅっ！

雪だるまはたちまちのうちにシャボン玉の中に吸《す》いこまれ、ふわふわと漂《ただよ》いだした。

シャボン玉のはしをつまみ、銀の糸でくくりながら、十年屋はあの歌を歌った。

忘《わす》れな草《ぐさ》に時計草、時の流れを食い止めよ
モッコウバラに日々草《にちにちそう》、十年の籠《かご》を編《あ》みあげよ
人の想《おも》いをしまうため。過去《かこ》を未来に運ぶため
涙《なみだ》のしずくを微笑《ほほえ》みに、悔《く》やみの苦みをまろやかに
束ねてまとめて、守りなさい

そうして、雪だるま入りのシャボン玉の風船が出来上がった。

「はい。これで保存《ほぞん》は完璧《かんぺき》です。もう、あなたの雪だるまはとけることも、こわれることもありません。満足していただけましたか？」

「うん。ありがとうございます」

「よかった。では、次は契約書《けいやくしょ》を書いてしまいましょう」

そのあと、ロロは十年屋に言われるままに、黒い革《かわ》の手帳に自分の名前をサインした。

「はい、けっこうです。これで必要な手続きはすべて終わりました。そろそろお帰りになったほうがいいでしょう。出口までお見送りします。カラシ、お客様が帰られるよ」

「はいなのです。今そっちに行くなのです」

魔法使《まほうつか》いと猫《ねこ》に見送られ、ロロはお店を出た。

とたん、家のベランダにもどっていた。雪だるまを置いていたところには、ほんの少し、水たまりができているだけで、何もない。

ふうっと、ロロは息を吐《は》いた。不思議とさっぱりとした気分だった。一年という寿命《じゅみょう》を払《はら》いはしたけれど、やっぱりそうしてよかったんだ。これで、カウリはいつもどるんだと、はらはらしなくてすむ。まあ、できるだけ早く帰ってきてくれるといいんだけど。

そんなことを思いながら、ロロは部屋の中にもどった。

だが、事態《じたい》は思いもよらぬ方向へと転がった。

カウリは二度とアパートにもどってこなかったのだ。病院の先生のすすめで、手術《しゅじゅつ》が終わったあと、そのまま空気のいい遠くの田舎《いなか》に引《ひ》っ越《こ》してしまったのである。

引っ越し先から、カウリは手紙を送ってきた。

ロロに会いたい。会えなくてさびしい。

ロロはすぐに返事を書いた。

こっちもさびしいけど、元気出して。春休みになったら会いに行くから。

そうして、手紙のやりとりが始まった。

でも、再会《さいかい》はなかなかはたせなかった。

最初の春休みは、ロロの親戚《しんせき》に不幸があって、カウリがいる田舎に行くどころではなくなってしまった。

次の夏休みは、「カウリの体調がひどく悪くなったので、訪問《ほうもん》は遠慮《えんりょ》してほしい」と、カウリの両親から断《ことわ》りの手紙が来た。

その次も、そのまた次の機会も、なんだかんだと予定はつぶれた。

ロロはそのたびにがっかりしたが、それはカウリも同じだったようだ。送ってくる手紙には、悲しげな雰囲気《ふんいき》がまとわりつくようになった。体の具合も、良い時と悪い時を繰《く》り返《かえ》しているらしい。

少しでもはげましたいと、ロロはそれまで以上に手紙を書くようになった。時には小枝《こえだ》や木の実で作ったおもちゃを送った。ナイフで木をけずって、女の子の人形を作ったりもした。カウリからはいつも「すごくうれしい」という手紙が来るので、もっといいもの、新しいものを作ろうと、ますます熱が入った。

こうして、否応《いやおう》なく物作りの技《わざ》は上がっていき、やがてロロは気づいた。カウリのためにやっていたけど、自分は本当にこういうことが好きなんだと。

十四歳《さい》の時に、ロロは決めた。

「ぼくは芸術家《げいじゅつか》になる。彫刻家《ちょうこくか》になるよ」

ロロの手紙に、カウリはやさしい言葉を返してきた。

「それって、すばらしいことだわ。すてきな仕事を決めたのね。がんばって」

カウリの応援《おうえん》を受け、ロロは夢《ゆめ》に向かっていっそう物作りにはげむようになった。学校の先生も後押《あとお》ししてくれ、「作品ができたら、あちこちのコンクールに出してごらん」と言ってくれた。

そして、十九歳《さい》となった時、ついに大きなコンクールでロロは優勝《ゆうしょう》をはたした。そのことは新聞にもとりあげられ、それがきっかけで、とある有名な彫刻家《ちょうこくか》が「弟子《でし》として招《まね》きたい」と言ってきてくれた。この人のもとで勉強すれば、ロロは大きく成長できるだろう。またとないチャンスだ。

だが、問題が一つあった。この彫刻家は外国に住んでいるので、弟子入りしたら数年はこちらにもどってこられないだろう。カウリからますます遠ざかってしまう。

そこで、ロロはカウリに手紙を書いた。

「旅立つ前に、一度カウリに会っておきたい。次の週末にそっちに行ってもいい？」

カウリからはすぐに返事が届《とど》いた。「待っている」と。

「よし」

ロロは大きくうなずき、自分の机《つくえ》に飾《かざ》ってあるカウリの写真を見つめた。ふた月前、カウリが送ってくれたものだ。

十八歳《さい》になったカウリは、おどろくような美人になっていた。それでも目は昔と少しも変わっていない。

この写真を見た時、ロロは一つの決心をしたのだ。だから、旅立つ前にどうしても会っておきたかった。直接会って、わたしておきたいものがあるから。

でも、いざカウリの前に立ったら、ちゃんとわたせるだろうか。幼馴染《おさななじみ》とはいえ、会うのは十年ぶりなのだ。再会《さいかい》の時のことを考えると、今から胸《むね》がどきどきして、手が汗《あせ》ばんでくる。

気弱な気持ちになった時だ。

ふいに、部屋の中に風が吹《ふ》きこみ、かたんと、写真立てが倒《たお》れた。あわてて写真立てを起こしたロロは言葉を失った。写真立ての下に、一枚《まい》のカードがあったのだ。さっきまでは絶対《ぜったい》になかったものだ。

こげ茶色に金と緑のつた模様《もよう》のついたカード。どこか見覚えがある。いや、見覚えがあるどころではない。

十年屋だ！　魔法使《まほうつか》いからの便りだ、これは！

「信じられない……」

あの不思議な出来事を、今の今まで忘《わす》れていたなんて。

自分の頭を押《お》さえながら、ロロはカードを裏返《うらがえ》した。流れるような達筆で、次のようなことが書いてあった。

「ロロ・ハウバー様。十年越《ご》しのご挨拶《あいさつ》をさしあげます。お変わりなくお元気でいらっしゃいましょうか？　さて、当店にお預《あず》けになった品物の保管《ほかん》期間終了《しゅうりょう》が近づいてきております。もし、ふたたびお手元に引き取りたいということであれば、このカードを開いてください。もはや不用ということであれば、このカードの上に×印を書いてください。それにて契約《けいやく》終了とさせていただき、お品物を正式に引き取らせていただきますので。なにとぞよろしくお願いいたします。十年屋より」

「そうか。もう十年も経《た》ったのか……」

預《あず》けたもののことも思い出した。猫《ねこ》の雪だるま。九歳《さい》だった自分が、一生懸命《けんめい》作った自信作。顔の形、大きさ、耳の角度まで、今でははっきりと思い出せる。あの時は完璧《かんぺき》だと思ったけれど、今思い返すと、けっこう不出来なところも多いなと、ロロは苦笑《くしょう》した。

魔法使《まほうつか》いと取引した時の焦《あせ》りやどきどきも、心によみがえってきた。あの時の必死さが、今となっては懐《なつ》かしい。

猫の雪だるまをカウリに見せたら、どんな顔をするだろう？　十年前に作った約束の雪だるまだよと告げれば、カウリのことだ、きっと喜んでくれるに違《ちが》いない。

でも……。

十年前の自分の気持ちと、今現在の自分の気持ちは、また違うものだ。わたすなら、やはり今の想《おも》いをこめたものにしたい。

「だから……あの雪だるまはもういらない」

一抹《いちまつ》のさびしさを覚えつつ、ロロはカードの上にペンで×印を書いた。

とたん、ちりちりと、カードはちぢれていき、細かな粒《つぶ》となって消えてしまった。

取引は終了《しゅうりょう》だ。もう二度と、あの雪だるまはロロのもとにはもどってこない。だが、それでいいんだと思った。

同時に、はっと頭の中でひらめくものがあった。

「これだ！」

ロロは大急ぎで、氷水晶《こおりすいしょう》の塊《かたまり》を戸棚《とだな》から取り出した。

氷水晶は、名前のとおり、氷ほどの硬度《こうど》しかない水晶だ。値段《ねだん》が安く、ガラスのように澄《す》んでいて細工《さいく》がしやすいので、半人前の彫刻家《ちょうこくか》が修業《しゅぎょう》によく使うものだ。

ロロは彫刻刀《ちょうこくとう》を使って、さっそく彫《ほ》りだした。一心不乱で彫りつづけ、思い描《えが》いたものを形にしていく。

半日ほどでできあがったのは、一匹《ぴき》の猫《ねこ》だった。高さは三十センチほど。後ろ足で立ち、蝶《ちょう》ネクタイをしめ、ベストを着た猫は、すました顔をして、ティーカップを差し出している。

その透明《とうめい》なティーカップの中に、ロロは銀の指輪を入れた。カウリの誕生石《たんじょうせき》アメジストがはまった指輪。コンテストの賞金で買ったものだ。そのままわたすのは勇気がいるが、自分の彫刻と一緒《いっしょ》になら、なんとかできそうだ。

わたす時の言葉も決まった。

「前に雪だるまを作ってあげる約束をしたよね？　修業《しゅぎょう》からもどったら、今度こそ君に作ってあげる。これからはずっと、ぼくが君のために雪だるまを作るから。ほかの人には作らせないで、ぼくの帰りを待っていてほしい」

そう言おうと、ロロは決めた。

4　悔《く》やみの指輪

小さな女の子が、霧《きり》に満ちた通りにぽつんと立っていた。たった一人で、青白い顔をして立ちすくんでいる。その右手はしっかりと握《にぎ》られ、かたいこぶしになったまま開かない。

と、すぐ目の前にあったお店のドアが開き、空色のスカーフを巻《ま》いた若《わか》い男の人が出てきた。

男の人は女の子に笑いかけた。

「いらっしゃい、お客様。どうぞ中へお入りください」

温かい声にさそわれ、女の子はおずおずとドアをくぐった。

「……わあ」

「散らかっていて、本当に申しわけない。でも、奥《おく》の応接室《おうせつしつ》でなら、ゆっくりとお話ができますから。うちの執事《しつじ》がすでに飲みものと甘《あま》いものを用意しています。そのまままっすぐお進みください」

男の人に言われるままに、女の子はごちゃごちゃとものでいっぱいの部屋をつっきり、奥にある居心地《いごこち》の良さそうな小部屋にたどりついた。そこにはテーブルとソファーがあり、テーブルにはホットミルクがなみなみと入ったカップと、砂糖《さとう》をたっぷりまぶしたゼリーが並《なら》べられていた。

「さ、まずはホットミルクを召《め》し上がれ。気分がよくなりますよ」

言われるままに、女の子はホットミルクを飲んだ。青ざめていた頬《ほお》に、たちまち血の気がもどってきた。

「おいしい……」

「よかったら、ゼリーもどうぞ」

すすめられ、女の子はいそいそとゼリーに手をのばした。しずくの形をしたゼリーは、まるでルビーのように赤く、砂糖衣《さとうごろも》がきらきらとしている。

ぱくりと口に入れ、女の子は笑顔《えがお》になった。

「おいしい！　きいちご味ね！」

「気に入っていただけて、なによりです。うちの執事《しつじ》の手作りなのですよ。……食べながらでいいから聞かせてください。いったい何を持って、この十年屋にいらっしゃったのです？」

女の子は一瞬《いっしゅん》ぎくりとしたあと、あきらめたように右手のこぶしを開いた。

握《にぎ》りしめられていたのは、小さな金の指輪だった。


テアは六歳《さい》。かわいいものとおしゃれな服、ふわふわのぬいぐるみが大好きな女の子だ。

テアには友達がいた。一年前に、道をはさんだ向かい側の家に引《ひ》っ越《こ》してきたララだ。

テアと同い年で、同じようにかわいいものに目がないときている。

一目見たとたん、テアはわかった。この子とは仲良しになれると。

同時に、「この子には絶対《ぜったい》負けたくない」という変な意地も生まれた。

それはララも同じだったようだ。

たちまち親友になった二人だが、その一方で、何かとはりあった。服や靴《くつ》、髪《かみ》のリボンやおもちゃ。相手がちょっとでも自分よりもすてきなものを持っていると、ものすごくくやしくてたまらない。

自分のかわいいハンカチをララがうらやましそうに見た日は、テアは一日ご機嫌《きげん》だ。でも、次の日になると、ララが新しい人形を見せびらかしてきて、嫉妬《しっと》で胸《むね》が苦しくなる。

毎日がこんな感じだった。

ララよりもすてきなものがほしい。ララをうんとうらやましがらせたい。

テアはそんなことばかり思うようになった。

そんなある日のこと、テアのところにおばさんが訪《たず》ねてきた。ひさしぶりに会うおばさんは、テアにプレゼントを持ってきてくれた。

「すてきなレディーはすてきなおしゃれをしなくちゃね」

そう言って、おばさんがくれたのはブレスレットだった。銀色の細い鎖《くさり》に、七宝《しっぽう》でできた小さなフルーツがぶら下がっている。真っ赤なリンゴ、紫《むらさき》色のブドウ、桃《もも》色のモモ、そして太陽みたいなオレンジ。

なんてかわいいの！

テアはうれしくて顔がほてってしまった。さっそくはめてみたところ、まるであつらえたみたいにぴったりだった。手首を振《ふ》ると、鎖《くさり》と飾《かざ》りが触《ふ》れあって、ちりりんと、鈴《すず》のようなきれいな音がする。

うっとりとブレスレットをながめるテアに、おばさんが言った。

「それはね、私《わたし》が子供《こども》の時におばあさまからいただいたのよ。ずいぶん長いこと、お気に入りだったの。だから大切にしてちょうだいね」

「もちろんよ、おばさん！　あたし、すっごく大切にするから！　宝物《たからもの》にするし、絶対《ぜったい》になくさないようにするね！」

テアはにこにこ顔で約束した。心の中では、もちろんララのことも考えていた。明日、あの子にこのブレスレットを見せてあげよう。どんな顔をするか、すごく楽しみ。

翌日《よくじつ》、テアはララの家の裏庭《うらにわ》に行った。そこには、白とピンクのペンキがぬられた小さなかわいい家がある。ララの父さんが作ってくれたものだ。ここが二人の遊び場だった。

ララはもう来ていて、おままごとのセットを並《なら》べていた。

「あ、テア。おはよう」

「おはよ。ね、ララ。見て見て。あたし、こんなのもらっちゃったんだ」

テアはさっそくブレスレットを見せびらかした。ララの目にくやしそうなうらやましそうな光がちらつくのを見て、胸《むね》がすかっとした。

もっとうらやましがらせたくて、テアはべらべらと自慢《じまん》した。

「これね、おばさんがおばあさんにもらったんだって。おばさんが、テアにならぴったりだからって、わざわざ持ってきてくれたのよ。すてきでしょ？」

ところがだ。ララはすぐに強気な顔をして言い返してきた。

「それって、お古ってことでしょ？　もらいものの、そのまたもらいものってことじゃない。そんなの、全然プレゼントじゃないわよ」

「そ、そんなことないもん！　だって、これ、百年も前から伝わってきた宝物《たからもの》なんだから。もとは、王妃様《おうひさま》やお姫様《ひめさま》が使っていたもので、おばさんがくれたのは、あたしがふさわしいからだもん」

テアのとっさのうそを、ララは笑い飛ばした。

「ふうん。お古の宝物《たからもの》ね。あたしはやっぱり新品のほうがいいなあ。例えば、ほら、これ見て。昨日、おじいちゃんが遊びに来てね、あたしにくれたのよ」

そう言って、ララはポケットからネックレスを取り出したのだ。

テアは息を飲んだ。

短めの金の鎖《くさり》の先には、金の指輪がつりさげられていた。妖精《ようせい》がはめるような小さな指輪だが、その小ささがとても愛らしい。指輪には、柘榴《ざくろ》色の宝石《ほうせき》がはまっていた。光の加《か》減《げん》で、赤にも黒っぽい葡萄《ぶどう》色にも見える宝石は、まるでワインのしずくのようだ。

「小さいけど、本物の宝石なんだから。あたしの誕生石《たんじょうせき》のガーネット。この指輪もね、おまえのことを守ってくれるようにって、おじいちゃんがわざわざ最高の職人《しょくにん》さんに作らせたの。すごいでしょ？」

ララはこれみよがしにネックレスを自分の首にかけたあと、テアの銀色のブレスレットをばかにしたように見た。

「それにこっちは金なのよ。銀より金のほうが高いって知ってる？」

テアはかっとなったが、何も言い返せなかった。それほどショックだったのだ。

ララの言葉はまるでべとべとした汚《よご》れのように、テアの心をよごした。なにより最悪なのは、「ララの言うとおりだ」と思ってしまったことだ。

あれほどすてきだったブレスレットが、もはや色あせて見えた。おばさんが使っていたブレスレットなんて、お古もいいところだ。ああ、やだやだ。どうして、あたしにはぴかぴかの新しいネックレスを買ってくれるおじいちゃんがいないんだろう。

そんなテアの気持ちを逆《さか》なでするように、ララは毎日ネックレスをつけてきた。ことあるごとに、ネックレスの飾《かざ》りの指輪を指の先でいじくり、見せつけてくる。その得意そうな顔に、テアは苦いお薬をカップ一杯《いっぱい》飲まされるような心地がした。

こうなると、古いブレスレットなど、手首につけるのもはずかしかった。テアはブレスレットをどこかにしまいこみ、そのまま忘《わす》れてしまった。

どうやってララの得意顔をへこましてやろうか。

頭に浮《う》かぶのはそのことばかりだ。

そんな苦々しい日が二週間ほどつづいただろうか。

事件《じけん》が起きた。

その日はとても天気がよく、ぽかぽかと暖《あたた》かかったので、少女たちは庭で追いかけっこをしていた。

「はい、つかまえた！　次はララが鬼《おに》ね」

鬼となったララから、テアはさっとはなれた。

だが、いくら待っても、ララは追いかけてこなかった。振《ふ》り返《かえ》ってみると、ララは真っ青な顔をして、きょろきょろと地面ばかりを見ている。

「何してるの？　ララが鬼でしょ？」

「テ、テア！　ないの！　ネックレスと指輪がないの！」

「え？」

いつの間にかネックレスがはずれてしまったみたいだと、ララは泣きそうな顔でうったえた。

「お願い、テア。一緒《いっしょ》に探《さが》して。探してよ」

「わかった。大丈夫《だいじょうぶ》。きっとこの庭の中にあるはずだもの。絶対《ぜったい》見つけられるって」

でも庭は、緑の芝生《しばふ》におおわれている。ネックレスはともかく、ここから小さな指輪を見つけるなど、よほど運がなければ無理だろう。

だが、その運を、テアは持っていたのだ。

そう。テアは見つけたのだ。あの小さな指輪が、草の根元にうまるようにして光っているのを。

あったよと声をあげようとしたところで、テアの心に「この指輪を自分のものにしたい」というどす黒い考えがわきあがってきた。

正直なところ、ずっとララがうらやましかった。小さなきらきらとした指輪が憎《にく》くて、それでいてほしくてたまらなかった。

ララは指輪を持っていちゃいけない。こんなものを持っているから、いばるんだ。これは……あたしのものになるべきよ。

ごくりとつばをのみこみ、テアはララをそっと見た。ララは地面にはいつくばるようにして、必死に草をかきわけている。

今なら、気づかれない。やるなら今しかない！

テアは指輪をつまみあげ、すばやく自分のポケットに入れてしまった。

そのあとは、何食わぬ顔で指輪を探《さが》すふりをしつづけた。いかにもララを心配しているように振《ふ》る舞《ま》い、はげましたりもした。

そのうち、ララは我慢《がまん》できなくなったように泣きだした。その声を聞きつけ、家からララの母さんが出てきた。わけを聞いたララの母さんは、「だから遊ぶ時はつけるのをやめなさいと言ったでしょう」と、ララをしかった。

しかられ、さらに泣きじゃくる親友を見て、テアの心はずきっと痛《いた》んだ。でも、いい気味だと思おうとした。絶対《ぜったい》に指輪を返したくなかったからだ。ポケットの中で、指輪をしっかりと握《にぎ》りしめた。汗《あせ》で手がぬるぬるとして、気持ち悪かったけれど、それでも手放そうとは思わなかった。

「明日も一緒《いっしょ》に探してあげるから」

そう約束して、テアはそそくさと家に帰った。

自分の部屋にもどるなり、すぐに指輪のかくし場所を考えた。絶対に見つからない場所に、ララにはもちろんのこと、家族にだって見つからない場所にかくさなくては。

最初は本の間にはさんだけれど、すぐに考え直して、置物の下に入れた。そこもやっぱりよくないと思い、最終的にビーズがつまった小瓶《こびん》の中に入れた。ビーズにまぎれこんで、たちまち指輪は見えなくなった。

これでいい。これで大丈夫《だいじょうぶ》だ。

だが、ほしかった指輪を手に入れたというのに、気分はそれほどよくならなかった。むしろ、胸《むね》がちくちくして落ちつかない。

盗《ぬす》んだんだ。あたしはララから盗んだんだ。どうしよう。どろぼうは悪魔《あくま》に食べられるって、おばあちゃんが言っていたけど。ううん。盗んだわけじゃない。あたしは、ただ拾っただけだもの。そうよ。拾っただけなんだから、悪魔だってあたしを食べることはできっこないわ。

テアは自分に言い聞かせたけれど、その夜はひどくこわい夢《ゆめ》にうなされた。

翌日《よくじつ》、テアはララに会いに行った。

ララは庭で指輪を探《さが》していた。その目は真っ赤にはれあがっていた。きっと一晩《ひとばん》中泣いていたんだと、テアは胸が苦しくなった。

「あ、テア……」

「おはよう、ララ」

わざと明るくテアは言った。

「指輪、見つかった？」

「まだ……ネックレスは見つけたんだけど、指輪は……だめかもしれない。もしかしたら、ここでなくしたんじゃないのかも。母さんも父さんもすごくおこってるの。せっかくの贈《おく》り物《もの》をなくすなんてって」

「大丈夫《だいじょうぶ》よ。きっと見つかるから。あたしも手伝うから」

「……ありがと。テアはほんとにやさしいね」

そんなことないよと、テアはうつむいた。

ララがこんな悲しそうな顔をするなんて。こんなことなら、指輪を盗《ぬす》むんじゃなかった。見つけた時に、ララにわたせばよかった。

それから数日間、テアは後悔《こうかい》に苦しめられた。

でも、いまさら返すなんて無理だ。本当のことを言ったら、どうなる？　ララは本気でおこって、テアと絶交《ぜっこう》するだろう。あの子はどろぼうだと言いふらすかもしれない。そうなったら、みんながテアを相手にしなくなるだろう。

そう考えると、とても指輪を返せなかった。そんな勇気はなかった。

でも、このまま持ちつづけるのももう無理だ。毎晩《まいばん》のように悪夢《あくむ》を見るし、誰《だれ》かに見つかってしまうのがこわくて、びくびくしてばかりいる。

テアは盗《ぬす》んだ指輪に支配《しはい》されているようなものだった。そこからぬけ出したくて、方法を必死に考えた。

ある日、ついに思いついた。

そうだ。あのブレスレット。口ではばかにしていても、ララはあのブレスレットをほしそうにしていた。あれをあげよう。指輪は返せないけれど、かわりにあのブレスレットをあげれば、このいやな気持ちもおさまるかもしれない。ララだってきっと喜ぶだろう。指輪を探《さが》すのもやめてくれるかもしれない。

テアはしまっておいたブレスレットを探した。おばさんに大切にすると約束したものだけれど、落ちこんだ友達をなぐさめるためにあげたと言えば、きっと許《ゆる》してくれるだろう。テアをやさしい子だとほめて、また何かすてきなものをくれるかもしれない。

そんなことをちょっぴり期待しながら、テアは宝物《たからもの》を入れているクッキーの缶《かん》を開けた。

だが、そこにブレスレットはなかった。

「確《たし》か、ここに入れたと思ったんだけど。……あっちの小箱のほうかな？」

だが、小箱のほうにもなかった。

テアは夢中《むちゅう》で探《さが》した。だが、部屋中、すみからすみまで見て回っても、ブレスレットは見つからなかったのだ。

テアは頭の中が真っ白になった。

ない。なくなってしまった。そんなはずはないのに。

気づいた時には泣いていた。ばちがあたったんだと思った。ララから指輪を盗《ぬす》んだりしたから、神様が罰《ばつ》として、テアからブレスレットをとりあげたのだ。そうとしか考えられない。

なのに、ああ、なんてことだろう。それでもまだ、指輪を返す気にはなれないのだ。

勇気を出せない自分が情《なさ》けなくて、みじめで、テアはすすり泣いた。

「ごめんなさい。ごめんなさい」

繰《く》り返《かえ》し唱えていた時だ。

ふいに、ぱたんと、本棚《ほんだな》から瓶《びん》が落ちてきた。指輪をかくしているビーズ入れの瓶だ。割《わ》れなかったものの、ふたがはずれて、中のビーズがざらっとこぼれた。その中で光っているのは、あのガーネットの指輪だ。今となっては憎《にく》らしくてたまらない、テアの罪《つみ》のあかし。

だが、ビーズをかきわけて指輪をつまみあげたところで、テアははっとした。ビーズの下から、見たこともないカードが出てきたのだ。

暗い色のカードで、金の字で何か書いてある。まだテアには読めなかったが、なぜかわかった。このカードは自分に届《とど》いたもので、どうしてもカードを開かなくてはならないのだと。

だから、そうした。指輪を握《にぎ》りしめたまま、二つ折りのカードをさっと開いたのだ。すると、光とかぐわしい匂《にお》いに包まれ、次には不思議な見知らぬ通りに立っていた……。

すべてを打ち明けたテアは、そっと目の前にいる男の人を見た。眼鏡《めがね》の向こうで、琥珀《こはく》色の目がやさしくきらめいていた。少なくともテアのことをしかったり、軽蔑《けいべつ》したりするつもりはなさそうだ。それがとてもありがたかった。

「なるほど。ほんの出来心でやってしまったことが、今、あなたの心を押《お》しつぶさんばかりの重荷になっているのですね」

テアはうなずいた。

「つらいの。すごくつらくて……全部しゃべっちゃいたいと思うのに、それがこわくて……」

「わかりますよ。後悔《こうかい》とはそういうものですから。……その指輪を手放したいのですね？手元に持っていられないと、そう思うのですね？」

「うん。絶対《ぜったい》無理。でも、捨《す》てることも無理で」

「ご安心を。そういう時のための十年屋です」

そう言って、不思議な男の人は不思議な取引を持ちかけてきた。テアの一年分の時間と引《ひ》き換《か》えに、この指輪を十年間預《あず》かろう。それだけではない。指輪を盗《ぬす》んでしまったという罪悪感《ざいあくかん》も、一緒《いっしょ》に預かってくれるというのだ。

テアは目を丸くした。

「そ、そんなこと、できるの？」

「できますよ。ここは魔法使《まほうつか》いの店ですからね」

どうしますかと、男の人は眼鏡《めがね》越しにテアを見つめた。

「あなたの重荷をすべて、ここに預《あず》けていきますか？　もちろん、無理にとは言いません。時間一年という値段《ねだん》を高すぎると思うのなら、このまま帰ってもまったくかまわないのですよ」

そうなったらどうなる？　またずっと、指輪とララのことで苦しめられるだろう。自業《じごう》自得《じとく》だけれど、やっぱりなんとかしたい。いつばれてしまうだろうと、びくびくしているのはもういやだ。

ついにテアはうなずいた。すると、男の人は黒い手帳をさしだしてきて「ここにサインしてください」と、言った。

「あの、あたし、まだ字が書けないの」

「それなら、手形でけっこうですよ。ほら、このインクを親指につけて、ここのページにくっつけてください」

言われたとおり、テアは親指に銀のインクをつけて、ぎゅっと手帳のページにおしつけた。

その瞬間《しゅんかん》、体から何かがぬけていくような気がした。時間をとられたんだとわかり、こわくなったけれど、男の人に指輪をわたすと、ほっとした。

これでやっと安心できる。やっぱりこうしてよかったんだ。

満足したテアは店を出て、そして……。

自分の部屋でわれに返った。

「あれ？　何をしてたんだっけ？」

首をかしげたところで思い出した。

ああ、そうだ。おばさんからもらったブレスレットが見つからなくて、泣いていたんだった。ララにあげようと思ったのに、見つからなかったから。すごく残念だけど、しかたない。きっといつか、どこかからひょっこり出てくるだろう。それより、今はララを手伝ってあげよう。あの指輪が見つかるまで、一緒《いっしょ》に探《さが》してあげなくちゃ。

テアはララの家へと走っていった。自分が指輪を盗《ぬす》んだことや、指輪を不思議なお店に預《あず》けた記憶《きおく》はきれいにぬけ落ちてしまっていた。

それから毎日、テアとララは庭の草をかきわけ、指輪を探《さが》した。一週間が過《す》ぎたところで、ララはついに指輪を見つけるのをあきらめた。でも、ずっと探すのを手伝ったテアに、ララは心から感謝《かんしゃ》した。

「ありがとね、テア。テアはほんとの友だちよ。大好き」

「あたしも大好きよ、ララ」

その時以来、テアとララははりあうのをやめた。なんだか、そういうことをするのがばかばかしくなってしまったのだ。二人は前よりもずっと仲良くなり、その友情《ゆうじょう》は何年経《た》っても変わらなかった。

だが……。

十年の時が過《す》ぎたある日、テアはすべてを思い出した。セピア色のカードが届《とど》いたのだ。

十年屋とサインが入ったカードには、テアの封印《ふういん》した記憶《きおく》がつまっていた。

受け取ったとたんに、封印はとけた。

まず感じたのは、なんてばかだったんだろうという気持ちだった。

十六歳《さい》になった今ではわかる。あの指輪はただのおもちゃだ。土台は金じゃないし、はまっていたガーネットもたぶんガラスだろう。あんな指輪を身もだえするほどうらやましく思ったなんて。そして指輪を盗《ぬす》んだくらいで、死にそうなくらい罪悪感《ざいあくかん》にさいなまれるなんて。

なんて無邪気《むじゃき》でおろかだったんだろうと、昔の自分をあわれんだ。

だいたい、十年屋に預《あず》けなくたって、さりげなく返す機会はいくらでもあったのに。

「あっ！　こんなところにあった！　見つけたよ！」と、わざとらしく言って、ララに指輪を返せば、それで丸くおさまったのに。

「寿命《じゅみょう》一年、損《そん》しちゃったなぁ」

テアは苦笑《くしょう》した。

だが、ともかくあの指輪を取りに行こう。ララに返してあげなくては。でも盗んだことは、ばか正直に言わなくてもいいだろう。適当《てきとう》な作り話をすればいい。

「ちょっと聞いて。ララからもらった絵本をひさしぶりに開いてみたら、何が出てきたと思う？　ほら、これ。指輪よ。覚えてる？　昔なくしたって、大騒《おおさわ》ぎしたやつ。こんなところにはさまっていたんじゃ、いくら庭を探《さが》したって、見つからなかったはずよね」

そんなことをいろいろと考えながら、テアはカードを開いた。魔法《まほう》が体に巻《ま》きつき、包みこんでくるのを感じて、わくわくした。前回は何がなんだかわからず、よく味わうこともできなかったからだ。

そうして、見覚えのある霧《きり》深き通りへと降《お》り立った。

「そうそう。ここだったわ。……で、十年屋はあの白いドアだったわね。そう言えば、出してくれたゼリーがすごくおいしかったっけ」

忘《わす》れな草《ぐさ》のステンドグラスがはめこまれた白いドアを、テアはぐいっと押《お》した。記憶《きおく》のとおり、店の中は物でいっぱいだった。

「まるで倉庫ね。もうちょっと片《かた》づけたら、もっとお客さんが入ってきやすくなるのに」

そんなことをつぶやきながら奥《おく》へ進むと、そこにあの男の人がいた。十年前とまったく変わらぬ姿《すがた》だ。唯一《ゆいいつ》の違《ちが》いと言えば、首に巻《ま》いたスカーフが若葉《わかば》色だということくらいか。

おどろいて口をぱくぱくさせているテアに、男の人は微笑《ほほえ》みかけてきた。

「ようこそおもどりくださいました」

「あ、あたしが誰《だれ》かわかるの？」

「もちろん。いらしていただいたお客様の顔は、十年経《た》とうと忘《わす》れませんよ。お預《あず》けの品をお引き取りにいらしたのですね？」

「え、ええ」

「ただいま持ってまいります」

そうして男の人は、あの指輪を持ってきた。

「これでお間違《まちが》いありませんね？」

テアは指輪を見た。こうして見ると、いかにも安物だというのがわかる。なんでこれがあんなにきらめいて見えたのだろう。

ため息をつきつつ、テアはうなずいた。

「それで間違いないです」

「では、お返しいたします」

テアの手の上に指輪がわたされた。

その瞬間《しゅんかん》、テアの心に怒濤《どとう》のように押《お》しよせてくるものがあった。

それは指輪を盗《ぬす》んで親友を悲しませたという罪悪感《ざいあくかん》だった。それに、どろぼうだと知られたくないという恐怖《きょうふ》と、秘密《ひみつ》を抱《かか》える重苦しさ。

六歳《さい》の時に感じた想《おも》いが、指輪とともに十六歳のテアにもどってきたのだ。十年の歳月を経《へ》ても、その重荷は変わらずに重かった。

テアは打ちのめされ、涙《なみだ》が出た。

「そんな……なんでいまさら……うっ……ううう……」

うめくように泣きだすテアに、男の人のやさしい声がそそがれた。

「その苦しみはあなたのものです。当店で預《あず》かることはできても、消したり和《やわ》らげたりすることはできません。消去はお客様自身にしかできないのです。……十年前にはできなかったことも、今ならできることでしょう」

その言葉が、テアが十年屋で聞いた最後の言葉となった。

はっと気づいた時には、テアは自分の部屋にもどっていたのだ。

手を広げれば、あの指輪があった。見るだけで、胸《むね》がちりちりとした。申しわけなさで息もふさがりそうになる。

もうたくさんだ。こんな気持ち、一時間だって我慢《がまん》ならない。けりをつけなくては。本当は十年前にやるべきだったことを、今こそやらなくては。

テアは部屋を出て、ララの元へ行くことにした。一歩進むごとに、手の中の指輪が重くなっていくのを感じた。行きたくない、行ってはだめだと、叫《さけ》んでいるかのようだ。だが、実際に叫んでいるのは指輪ではなく、テアのずるい心なのだ。

だからテアは歯を食いしばって前に進んだ。

このまま、ララの家のドアをノックできればいいんだけれど。

でも、その心配は無用だった。テアがたどりつく前に、ララが家を出てこちらにやってくるのが見えたのだ。ララの顔は少し青ざめていた。

二人はだまって向き合った。毎日顔を合わせ、おしゃべりをして、一緒《いっしょ》に勉強する相手。なのに、今日はお互《たが》いが別人のように見えた。

最初に口を開いたのはテアのほうだった。

「ララ。あんたのところへ行こうとしてたのよ」

「私《わたし》もよ、テア。……話があるの」

「話って何？」

「それは……まずはそっちから話して」

「わかった……」

テアは目を閉《と》じた。胸《むね》が痛《いた》いほどどきどきしていた。覚悟《かくご》は決めたはずのなのに、いざとなると怖《お》じ気《け》づいてしまう。それでも息を吸《す》いこみ、ついに叫《さけ》ぶように言った。

「あたし、どろぼうなの！　あんたの大切なものを盗《ぬす》んだのよ！」

ララの目が丸くなった。

親友の顔をまともに見られず、テアは急いで目をふせた。そのまま早口で告白をつづけた。

「昔、ネックレスについた指輪をなくしたでしょう？　あれ、ほんとは庭に落ちてた。あたしが見つけたの。でも、あんたに言わずに、持って帰っちゃった。あれがほしくて、あんたがうらやましかったから……でも、持っていられなくて……どうしようって悩《なや》んでたら、不思議なお店に呼《よ》び出されて、そこで預《あず》かってもらってたの。ほんとにごめん！　ごめんなさい！　今こそ返すから」

そう言って、テアは指輪をララへと差しだした。

でも、ララはすぐには受け取らなかった。とまどった表情《ひょうじょう》で、ささやくように言ってきたのだ。

「不思議な店って……もしかして、十年屋？」

「え？」

今度はテアがおどろく番だった。

「ど、どうして、それ……なぜ知ってるの？」

「私《わたし》も十年前にそこへ行ったの。と言うより、やっぱり呼《よ》び出されたんだと思う。……私も、すごく悪いことをして後悔《こうかい》してたから」

そう言って、ララはポケットから何かきらきらしたものを取り出した。

それはブレスレットだった。銀の鎖《くさり》に、七宝細工《しっぽうざいく》のフルーツがとりつけられて、鈴《すず》のようなきれいな音をたてている。

「それ、あたしの！」

「そう。テアのブレスレットよ。……あんたの部屋に遊びに行った時、私《わたし》が盗《ぬす》んだの」

顔を真っ赤にしながらララは打ち明けてきた。

「あの日は部屋でお絵かきをしようってことになった。で、色鉛筆《いろえんぴつ》をかしてもらおうと、テアの机《つくえ》の引き出しを開けたら、これが放りこんであったの。テアはすぐにこのブレスレットをつけてこなくなったでしょ？　てっきりあきたんだと思って……それで、それならあたしがもらっちゃってもいいかなって……そんなこと、していいはずないのに」

「それじゃララは……このブレスレットを預《あず》けたのね？　十年屋に？」

「そう。とにかく盗んでしまったことがつらくておそろしくて。それに、いつテアにばれちゃうかって、どきどきしてたから。寿命《じゅみょう》を一年払《はら》ってでも、自分のそばからはなしたかったのよ。ばかよね。さっさとあなたに返せばよかったのに」

だから、と泣きそうな顔でララはテアを見つめた。

「指輪がなくなった時、これは罰《ばつ》だと思ったの。神様が、悪い私に与《あた》えた罰だって」

「あ、あたしも……あたしもそう思った。ブレスレットがないことに気づいた時に、ララから指輪をとったせいだって」

二人はまじまじと見つめあい、どちらからともなく微笑《ほほえ》んだ。

「私《わたし》たちって最悪ね」

「そうね」

テアは、ララの手にそっと指輪をのせた。

ララはララで、テアの手首にブレスレットをからませた。

そのあと、二人はしっかりと手を握《にぎ》り合った。もう言葉はいらなかった。二人は本当の意味で仲直りしたのだ。

5　残された時計

　よく晴れた日曜日、ジンは公園の木かげのベンチに座《すわ》って、ぼんやりと空を見上げていた。

　ジンは二十一歳《さい》になる青年実業家だ。なかなかハンサムで、背《せ》も高く、おまけに頭脳《ずのう》にも恵《めぐ》まれている。大学を飛び級で卒業した今は、父に手取り足取り教えこまれた事業のノウハウを生かし、いくつかの事業を興《おこ》し、かなりの財産《ざいさん》を築《きず》いている。世間から嫉妬《しっと》と憧《あこが》れのまなざしを向けられる若《わか》き成功者というわけだ。

　が、ジンにしてみると、人生は灰《はい》色だった。おもしろいと思えるものが何もないのだ。

　大学は父の望みどおりの学部に入り、望みどおり投資《とうし》の勉強をした。飛び級できたのは、

つまらない授業《じゅぎょう》や勉強を早く終わらせたかったからだ。今やっている仕事も、ただ作業をこなしているという感じだ。ほかにやりたいこともないから、父親に逆《さか》らうのも面倒《めんどう》だから、しかたなくやっている。

仕事だけではなく、日々の暮《く》らしも同じようなものだった。適当《てきとう》に食べて、適当に遊んで、人様からばかにされないような服を着て。そこにジンという個性《こせい》はなかった。

そんなジンに、恋人《こいびと》のニナはついに愛想《あいそ》をつかした。

「悪いけど、もう付き合ってられないわ。別れましょ」

「待ってくれ」

さすがに焦《あせ》り、ジンはニナにすがった。明るく前向きなニナは、大学時代からの友達でもある。灰《はい》色の日々を過《す》ごしているジンにとって、ニナの明るさやはきはきしたところは、唯一《ゆいいつ》の救いだったのに。失いたくなくて、必死で言った。

「ぼくの何が気に入らないんだい？　見た目は悪くないと思うし、お金だってある。世間はぼくを……」

「ああ、やめてよ、ばかなことを言うのは。そんなこと、どうでもいいのよ」

あわれむようにニナはジンを見た。

「あなたって、いつもつまらなそうなんだもの。一緒《いっしょ》にいると、私《わたし》まで気分が滅入《めい》ってくる。私じゃあなたを幸せにしてあげられないんだって、思い知らされるから。……私からの最後のアドバイスよ。何にふてくされているのか知らないけど、そんなに気に入らないことがあるなら、徹底的《てっていてき》に戦ってみたらどう？」

そう言って、ニナは振《ふ》り返《かえ》ることもなく出ていってしまった。

それが一週間前のこと。こうしてニナがいなくなってみて、ジンはわかった。あまり、影響《えいきょう》はないなと。

ニナがいてもいなくても、やっぱり毎日はつまらない。ああ、だからニナは出ていってしまったのか。ジンのそばに自分がいる意味がないとわかって……。

ジンは空を見た。青いきれいな初夏の空。だが、ジンの目には灰《はい》色に映《うつ》った。

くだらない。つまらない。だが、それをどうにかしようという気力も起きない。ひたすらすべてが退屈《たいくつ》で、面倒《めんどう》くさかった。でも、人生ってこんなものなのだろう。

ああ、自分をおどろかせたり喜ばせたりしてくれるような、何か突拍子《とっぴょうし》もないことが起きてくれればいいのに。

ため息をつきながら、目を閉《と》じた時だ。はらりと、何かが舞《ま》い落ちるような音がした。葉っぱでも落ちてきたかと、ジンは目を開けた。そして、自分の膝《ひざ》の上に一枚《まい》のセピア色のカードがあるのに気づいた。

まるで、誰《だれ》かがそっと置いていったかのように、カードはそこにあった。大きく「十年屋」と書いてある。

払《はら》いのけてしまおうかと思ったが、妙《みょう》に心ひかれ、ジンはとりあえず手に取ってみた。二つ折りで、紙の両端《りょうたん》はのりづけされている。中身を読むには、こののりづけをはがさないといけないようだ。はがしてみようとしたが、しっかりとくっついていて、びくともしなかった。

「読めないカードか。くだらないな」

興味《きょうみ》を失いつつ、ジンはカードを裏返《うらがえ》した。そこには細かな字でメッセージがびっしり書かれていた。

「ジン・ウラス様。お初にお手紙をさしあげます、十年屋と申します。当店にお預《あず》かりしている品物の保管《ほかん》期間終了《しゅうりょう》日が近づいてきております。つきましては、受取人であるあなた様にぜひ当店においでいただきたく、こうして招待状《しょうたいじょう》を送らせていただきました。品物を受け取る意志《いし》がおありであれば、このカードを開いてください。受け取りたくないということであれば、このカードの上に×印を書いてください。それにて契約《けいやく》終了とさせていただき、預《あず》かり品を正式に引き取らせていただきますので。なにとぞよろしくお願いいたします。十年屋より」

ジンはどきっとした。

ジン・ウラス様?

何度読み返しても、そこに書いてあるのは自分の名前だ。

「預かり品? 受取人がぼくだって?」

まったく身に覚えのないことだ。少々気味が悪くなったものの、このカードがジンに宛《あ》てられたものというのは間違《まちが》いないらしい。新手の詐欺《さぎ》だろうか? それとも、本当に預かり品とやらがあるのだろうか?

少し迷《まよ》ったものの、ジンはこの店に行ってみようと思った。うさんくさい話だが、危険《きけん》はないだろう。退屈《たいくつ》をまぎらわすことができるかもしれないし。

だが、店の住所はどこにも書いていない。たぶん、のりづけされたカードの中に書かれているのだろう。だめもとで、ジンはもう一度カードを開きにかかった。

おどろいた。ぺりぺりっと、今度はさほど力を入れなくとも簡単《かんたん》にはがせたのだ。そして、開いたカードからは不思議な香《かお》りと光があふれた。

気づいた時には、ジンは霧《きり》に満ちた横町に立っていた。ついさっきまで、青空の下、緑の公園のベンチに座《すわ》っていたというのに。

「おどろいたな。これって……魔法《まほう》か」

話には聞いていた。この世には魔法と、それをあつかう魔法使いが存在《そんざい》しているという。そう多くはないそうだが、気まぐれに一般人《いっぱんじん》を助けてくれることもあると聞く。ただし、それに見合った対価《たいか》を必ず求めるのだとか。

おそらく、ジンは魔法使いに招《まね》かれ、この横町に連れてこられたのだ。たぶん、その魔法使いはあそこにいる。目の前にある、白いドアのついたレンガ造《づく》りの建物。通りに並《なら》んだほかの建物は全部暗く静まり返っているが、この建物だけは明かりがついている。夜の海を照らす灯台のように、ジンを導《みちび》き、「こちらにおいで」と呼《よ》んでいるのだ。冷静に状況《じょうきょう》を判断《はんだん》しつつ、ジンは少しばかり胸《むね》が高鳴りだしていた。こんなふうに刺激《しげき》的《てき》に思える出来事はひさしぶりだ。

よし。魔法使《まほうつか》いの顔を見てやろうじゃないか。

ジンは白いドアを開いて、中に入った。踏《ふ》みこんだとたん、ぎょっとした。そこは足の踏み場もないほど散らかっていたのだ。無数の品々が乱雑《らんざつ》に置いてあった。積み木のように積み重ねられ、ほとんど天井《てんじょう》に届《とど》きそうな山がいくつもできている。

だが、それでいてすさんだ雰囲気《ふんいき》はまったくない。一見、無秩序《むちつじょ》に投げ出されたようでいて、どの品物も、大切にそこに置いてあるという感じがするのだ。その証拠《しょうこ》に、これだけごちゃごちゃとしているのに、ほこり一つ見当たらない。すでに、ここには魔法の法則《ほうそく》が生きているようだ。

ジンは圧倒《あっとう》された。いったい、これらの品はどこから集められてきたのだろう。思わずあれこれ見ようとした。

とたん、頭の中に厳格《げんかく》な声が響《ひび》いてきた。

「上流の人間は、汚《きたな》らしいものには目を向けないものだ。いつもまっすぐ、堂々と前だけを見ていなさい。きょろきょろと、さもしく周りを見るなど、もってのほかだ」

父のゼスのいましめだ。まるで、自分のすぐ後ろに立っているかのように、はっきり生々しく聞こえてきた。

ジンはすぐさま背筋《せすじ》をのばし、前だけをまっすぐ向いた。父の言葉には絶対《ぜったい》に従《したが》わなければならない。父から教えられたことは守らなければならないのだ。

ジンはもはや周りには目もくれず、奥《おく》を目指した。そこに、カウンターがあった。カウンターの上には銀のベルが置いてあり、「ご用の際《さい》は、ベルを鳴らしてください」と、メモがそえてある。

少し待ってみたが、誰《だれ》も現《あらわ》れなかったので、ジンは書かれたとおり、ベルを鳴らした。

ちりりんと、かわいらしい音が響《ひび》いた。水面に波紋《はもん》が広がるように、その音は店の中に広がり、しみわたる。

と、奥から若《わか》い男がやってきた。その姿《すがた》に、ジンは目を見張った。

男は、イチゴ模様《もよう》のついた緑のエプロンをつけていたのだ。頭も白い三角巾《さんかくきん》でおおっているし、手は粉だらけで、今の今まで料理をしていましたと言わんばかりだ。

年齢《ねんれい》はジンとさほど変わらぬように見えた。だが、まとう雰囲気《ふんいき》はまったく違《ちが》う。ジンの頭の中に、ふと古木のイメージが浮《う》かんできた。しっかりと大地に根をはった大木。だが、老いてもなお勢《いきお》いよく緑の葉をしげらせている。

対するジンは、枯《か》れかけた若木《わかぎ》だ。今にも幹《みき》が折れてしまいそうなほど貧弱《ひんじゃく》で、葉をつけることも忘《わす》れてしまった木だ。

『……ばかばかしい！』

あわてて頭からイメージを追い払《はら》うジンに、男が声をかけてきた。

「いらっしゃいませ」

耳に心地よく響《ひび》く声だ。銀縁眼鏡《ぎんぶちめがね》の下できらめく琥珀《こはく》色の瞳《ひとみ》も、神秘的《しんぴてき》な深みをたたえている。

「ジン・ウラス様でいらっしゃいますね？　よく来てくださいました。こんなかっこうで申しわけございません。ただいま、菓子作《かしづく》りをしておりまして。すぐに着替《きが》えてまいりますので、どうぞ、奥《おく》の応接室《おうせつしつ》にてお待ちください。さ、どうぞどうぞ」

こうして、ジンは奥《おく》の小さな部屋へと案内されたのだ。

そこのソファーに座《すわ》って待っていると、ふたたび男が現《あらわ》れた。今度はセピア色のベストとズボンだけで、ジャケットはなしというラフな姿《すがた》だが、その着こなしは上品ですきがない。首に朱《しゅ》色のスカーフを巻《ま》いているところが、これまたしゃれている。三角巾《さんかくきん》もとっていて、やわらかそうな栗《くり》色の髪《かみ》がふんわりと広がっていた。

男は、コーヒーセットと大きなケーキをのせたおぼんを手に持っていた。

「お待たせして申しわけございません。今日は執事《しつじ》が週に一度の休みをとっていまして。それで、私《わたくし》がケーキを焼いていたのですよ。ちょうど一つ目が焼きあがったところです。どうぞお召《め》し上がりください」

「いえ、ぼくは別にいりません」

「そう言わずにどうぞ。コーヒーもいれました。クリームとキャラメルシロップをたっぷり入れたカフェラテです。きっとお口に合うと思いますよ」

ジンがいらないと答える前に、男はカップをジンの前に置いた。

ホイップクリームがのったカップを、ジンはじっと見た。甘《あま》いコーヒーや紅茶《こうちゃ》など、もう十年くらい飲んでいない。

「紳士《しんし》たる者、コーヒーも紅茶《こうちゃ》もストレートでたしなむものだ。ミルクや砂糖《さとう》を混《ま》ぜこむなど、女や甘《あま》ったれた子供《こども》がやること。みっともない」

そう父に教えられてきたからだ。

だが、出されたものを断《ことわ》るのは、もっと行儀《ぎょうぎ》が悪いだろう。ジンはだまってカップを受け取り、ひと口飲んだ。甘いカフェラテはとてもおいしかった。おいしいと思ってしまうことが、なんだか罪深《つみぶか》く感じた。父の教えに背《そむ》いている。

居心地《いごこち》の悪さを感じているジンに、男はケーキを切り分け、差し出してきた。

「どうぞ。栗《くり》のシフォンケーキです。私《わたくし》の母から受け継《つ》いだレシピなんですよ」

栗がごろごろと入ったシフォンケーキは、ほんのりとした淡《あわ》い味わいで、しっかりと甘いカフェラテにとてもよく合った。

いつの間にか、ジンは安らいだ気持ちになっていた。こんなふうに何かをおいしいと感じるのはひさしぶりだ。考えてみれば、これまでずっと、「父がすすめてくれる、上流人らしい食べものと飲みもの」を選び、本当に好きなものは我慢《がまん》していた気がする。これでは心からおいしいと思えるはずもない。

ケーキをきれいにたいらげ、もう一口、カフェラテをすすったあと、ジンはようやくここに来た理由を思い出した。

なんてことだ。このぼくが、用件《ようけん》をすっかり忘《わす》れていたなんて。

はずかしさを感じながら、ジンは目の前に座《すわ》る男を見た。琥珀《こはく》色の瞳《ひとみ》を持つ、人をはっとさせるような雰囲気《ふんいき》をまとう魔法使《まほうつか》いを。

「あの……ぼくのところにカードが届《とど》いたんですが。なんか、ぼくが受取人になっている品物があるとか」

「はい。当店が十年お預《あず》かりしていた品でございます」

「……預けたのは誰《だれ》なんです？」

「あなたのおじいさま、ギン・サオン様です」

ひさしぶりに聞く名前に、ジンは顔色を変えた。

「祖父《そふ》が……」

「はい。こちらがその品です。お確《たし》かめください」

そう言って、魔法使《まほうつか》いはどこからともなく小さな包みを取り出した。

銀色の絹《きぬ》のハンカチに包まれたそれを、ジンは震《ふる》える手で受け取った。見た目よりも重い。

ああ、なんだろう。胸《むね》が痛《いた》いほどどきどきする。中身を見ないほうがいいんじゃないだろうか。

そう思ったが、結局、包みを解《ほど》いてしまった。

現《あらわ》れたのは、大きな懐中時計《かいちゅうどけい》だった。残念なことに、こわれていると一目でわかった。ガラス盤《ばん》にはひびが入り、針《はり》もはずれて、内側に落ちてしまっている。

それでも、職人《しょくにん》がていねいに作り上げた名品だというのは見てとれた。1から12までの数字の箇所《かしょ》には、ユニコーンやグリフォン、フェニックスといった幻獣《げんじゅう》の姿《すがた》が刻《きざ》まれていたのだ。翼《つばさ》や角の先が欠け、姿を損《そこ》なってしまっているのも何匹《びき》かいるが、それでも今にも動き出しそうな生き生きとした姿だ。

いや、実際にこれらは動くのだ。それぞれの数字に針が止まった時、ドラゴンは火を噴《ふ》き、半人半獣《はんじゅう》のフォーンは角笛を奏《かな》でる。なぜそんなことを知っているかと言うと、実際《じっさい》に見たことがあるからだ。

そう。知っている。この時計はよく知っている。時計職人《しょくにん》だったおじいちゃんが作ったものだ。

ジンは胸《むね》を強く殴《なぐ》りつけられるような衝撃《しょうげき》を受けた。同時に、頭の中で音がし始めた。

コチコチ、コチコチ。

規則《きそく》正しい時計の針《はり》の音。それがいくつも重なりあい、うずのようになっていく。そのうずに巻《ま》き上げられ、封印《ふういん》していた記憶《きおく》がゆっくりとあふれだした。

ジンの母方の祖父《そふ》は、腕《うで》のいい時計職人だった。ことに、いろいろな細工《さいく》を施《ほどこ》し、時の流れを楽しませるからくり時計を作ることでは、右に出る者がいないとさえ言われていた。

例えば、居間用《いまよう》の大時計。

朝の六時になると、文字盤《もじばん》の下にある台座《だいざ》がぱかりと開き、にわとりが走り出してきて、コケコッコーと鳴く。お昼の十二時には、同じ台座にテーブルと椅子《いす》に座《すわ》った一団《いちだん》が現《あらわ》れ、にぎやかに昼食会を始める。夜の八時には楽団が現れて、夜の調べをしっとりと奏《かな》でる。

森をイメージした木彫《きぼ》りの時計もあった。時間になると、とりつけられた二つの小窓《こまど》が開き、三時なら三回、四時なら四回、鹿《しか》がぴょんと飛んでいく。その鹿をねらって、下の方では狩人《かりゅうど》が鉄砲《てっぽう》をかまえるのだが、いつも失敗するという構図《こうず》だ。

天体時計というのもあった。鉄の輪をいくつも重ね合わせ、惑星《わくせい》に見立てた色とりどりのガラス玉が、天体と同じように動いていくからくりだ。月の満ち欠けと潮《しお》の満ち引きを知ることができ、日食の予測《よそく》もできるこの天体時計は、傑作《けっさく》と言われ、今では星の博物館に展示《てんじ》されている。

からくり時計のギン。

世の人にそう呼《よ》ばれる祖父《そふ》のことが、ジンは大好きだった。おもしろいし、おしゃべり上手だし。その上、その手は本当に器用で、目がちかちかしてしまうような小さなねじを使い歯車を組み立て、時計という一つの世界を創造《そうぞう》していく。その魔法《まほう》のような工程《こうてい》に魅《み》了《りょう》された。

祖父が作る時計は、その部品の一つにいたるまで全部手作りで、同じものは一つとしてない。正確《せいかく》に時を教えてくれると同時に、凝《こ》った細工《さいく》で遊び心にあふれている。

ぼくもおじいちゃんのようになりたい。そして、おじいちゃんよりももっとすてきな時計を、いつか作ってみたい。

そう言ったところ、祖父《そふ》は大変喜んで、道具を一式プレゼントしてくれ、少しずつ技《わざ》を教えてくれるようになった。

ジンは道具を家に持ちこんで、ひまを見つけては、歯車をいじくるようになった。

そんなジンを、父親のゼスは苦々しく見ていたようだ。

「おじいちゃんのところへは、あまり行くんじゃない」

そうはっきり言われたこともあった。

「幸い、おまえは私《わたし》に似《に》て優秀《ゆうしゅう》だ。今がんばれば、将来《しょうらい》、きちんとした立派《りっぱ》な人間になれるだろう。……われわれは高級時計を買う側の人間だ。作る側の人間とは違《ちが》うのだから」

そういうことを言う時の父は、決まって目が冷たく光っていて、ジンは心底こわかった。

それでも言いつけを守ることはせず、ひまを見つけては祖父のもとを訪《たず》ねた。父の言っている言葉は理不尽《りふじん》で、ちっとも納得《なっとく》できなかったからだ。

誰《だれ》が言いなりになるもんか。おじいちゃんをばかにするなんて、父さんのほうこそおかしいよ。母さんのお父さんだから嫌《きら》いっていうのもわかるけど。

父の束縛《そくばく》がひどくなったのは、母と離婚《りこん》してからだ。

ジンの母は明るく楽しい人で、逆《ぎゃく》を言えば楽しいことしかしたくない人でもあった。だから、かしこまった生活は大嫌いで、ジンをギンに預《あず》けて、遊び歩くこともたびたびあった。当然ながら、夫のゼスとは何度も壮絶《そうぜつ》な夫婦喧嘩《ふうふげんか》をくりひろげ、結局、出て行ってしまったのだ。今は南国で楽しくやっているらしい。

両親の離婚に、ジンはもちろんショックを受けたし、毎日のように泣いた。そんなジンを、父は「情《なさ》けない」としかり、今まで以上に厳《きび》しくなった。朝ごはんのメニューから服装《ふくそう》、勉強、読む本にいたるまで、ジンのすべてをコントロールしようとする。

特に、祖父《そふ》の家に行くことを許《ゆる》さなくなった。妻《つま》との離婚を機に、もともと気に食わなかった義父《ぎふ》のギンと完全に縁《えん》を切ろうと考えたらしい。

それが、ジンにはたまらなくいやだった。父さんとおじいちゃんは他人になれるだろうけど、ぼくとおじいちゃんは違《ちが》う。母さんがいなくたって、ずっと家族なんだ。

子供《こども》ながらに反抗心《はんこうしん》に満ちたジンは、いつも父親に逆《さか》らい、家をぬけ出しては祖父のもとへ通った。祖父《そふ》に時計の話を聞き、いろいろ教えてもらっている時が唯一《ゆいいつ》心安らげる時だったのだ。

そうしてジンは十一歳《さい》となった。

ある日、祖父がいたずらっぽく笑いながら打ち明けてきた。

「今ね、おまえのためにとびきりすてきな時計を作っているんだよ」

「どんなの？　見せて」

「だめだめ。次の誕生日《たんじょうび》までのお楽しみだよ。これから、おまえの修業《しゅぎょう》は居間《いま》で見てあげるから。この仕事部屋は当分立ち入り禁止《きんし》だよ」

そう言って、祖父は仕事部屋にジンを入れてくれなくなった。

あの祖父が「とびきり」と言うのだから、きっとそれはすばらしい時計に違《ちが》いない。見たくて見たくて、ジンは誕生日が待ちきれない思いだった。

そんなある日、めずらしく父が「今日はおじいちゃんの家に行く」と言った。

「あの人にちょっと話があるんだ。おまえは留守番《るすばん》しているか？」

「行く！　一緒《いっしょ》に行くよ」

「なら、早く支度《したく》をしなさい。今日は緑の上着を着るといいだろう」

「あれはきらいだよ。ちくちくするんだもの」

「だが、仕立てのいいものだ。みっともないものを着るよりもいいだろう。あと、ネクタイも忘《わす》れるんじゃないぞ。いいな」

「………」

ここでおこらせたら、連れて行ってもらえなくなるかもしれない。今日は従《したが》うことにしよう。

ジンは言われたとおりの服を着た。やっぱり上着はちくちくしたし、ネクタイが息苦しくてしかたない。それでも、祖父《そふ》の家に行きたい一心で、我慢《がまん》した。そして、父の車に乗りこんだのだ。

あいにくと、祖父は留守《るす》だった。だが、ドアのカギは開いていた。「不用心な」と、父は顔をしかめた。

「まあ、カギが開いているということは、ちょっと近所にでも出かけたんだろう。すぐにもどってくるだろうから、中で待たせてもらうとしよう」

「うん」

父と並《なら》んでソファーに座《すわ》ったが、なんだか落ち着かなかった。そこで、「ちょっとトイレに行ってくる」と言って、居間《いま》をぬけ出した。

父の視線《しせん》の届《とど》かぬところに行き、ほっと息をついた時だ。はっとした。祖父《そふ》の仕事部屋のドアが少しだけ開いていたのだ。

チャンスとばかりに、ジンはさっと仕事部屋へとすべりこんだ。

何も触《さわ》らない。いじったりしない。ひさしぶりにこの部屋の中を見るだけ。だから、全然悪いことにはならないさ。

後ろめたさを言いわけで打ち消しながら、ジンは部屋を見回した。

ひさしぶりに入る祖父の仕事部屋は、あいかわらずきれいに整頓《せいとん》されていた。ぴかぴかの道具がきちんと並《なら》べられ、時計の部品は大きさや種類別に分けられ、いくつもの小箱に入れられ重ねられている。壁《かべ》にはいっぱい作りかけの掛《か》け時計がかけられている。すでに、動いているものもあり、カチコチ、カチコチという音が耳に心地よい。

ああ、やっぱりこの部屋はいい。ここが世界で一番落ち着ける場所だ。

そう思った時だ。ジンは、机《つくえ》の上に一つの時計があることに気づいた。

懐中時計《かいちゅうどけい》だ。懐中時計としてはかなり大きく、銀の表面はつるりとしていて、彫刻《ちょうこく》や飾《かざ》りはいっさいない。だが、文字盤《もじばん》の細工《さいく》はすばらしかった。1から12までの数字のところに、一匹《ぴき》ずつ不思議な獣《けもの》たちがたたずんでいるのだ。ドラゴンや人魚、妖精《ようせい》やユニコーン。あざやかに彩色《さいしょく》された幻獣《げんじゅう》たちは、今にも動き出さんばかりだ。

いや、もしかしたら本当に動くのかもしれない。

試してみたくなり、ジンは思わず懐中時計を手に取った。針《はり》が動いているところを見ると、この時計はもう完成しているようだ。なら、ちょっとばかりいじっても大丈夫《だいじょうぶ》だろう。

言いわけに言いわけを重ね、ジンは時計のつまみを回し、針を十一時に合わせた。とたん、11の数字のところにいたペガサスが、後ろ足で立ちあがり、雄々《おお》しく羽ばたいた。

「やっぱり!」

ほかの幻獣たちが動くのを見たくて、ジンはつまみを回し続けた。ドラゴンは火を噴《ふ》き、ドワーフは持っているスコップをふるった。妖精は鬼火《おにび》を操《あやつ》り、クラーケンとヒュドラはうねうねとうごめく。

さすがはおじいちゃんの時計だ。なんてすてきで、楽しいんだろう。これは今まで見た中でもいちばんの出来だ。だからきっと、ぼくの誕生日《たんじょうび》プレゼントになる時計なんだ。

そうして夢中《むちゅう》になっていた時だ。

「ジン！　何をやっているんだ！」

ドアを開けて、父のゼスが姿《すがた》を現《あらわ》した。

あまりに突然《とつぜん》だったので、ジンはびくっとした。その拍子《ひょうし》に、ちょうどつまみをいじっていた指がはずれ、するっと、時計が落ちていった。

ガンッ。

小さいが、いやな音を立てて、時計が床《ゆか》にぶつかった。

ジンは硬直《こうちょく》してしまった。なんてことだ。時計を落としてしまうなんて。

真っ青になる少年の前で、父はゆっくりと時計を拾い上げた。そうして時計を一目見るなり、顔をしかめたのだ。

「こわれている……」

「そ、そんな！　うそ……」

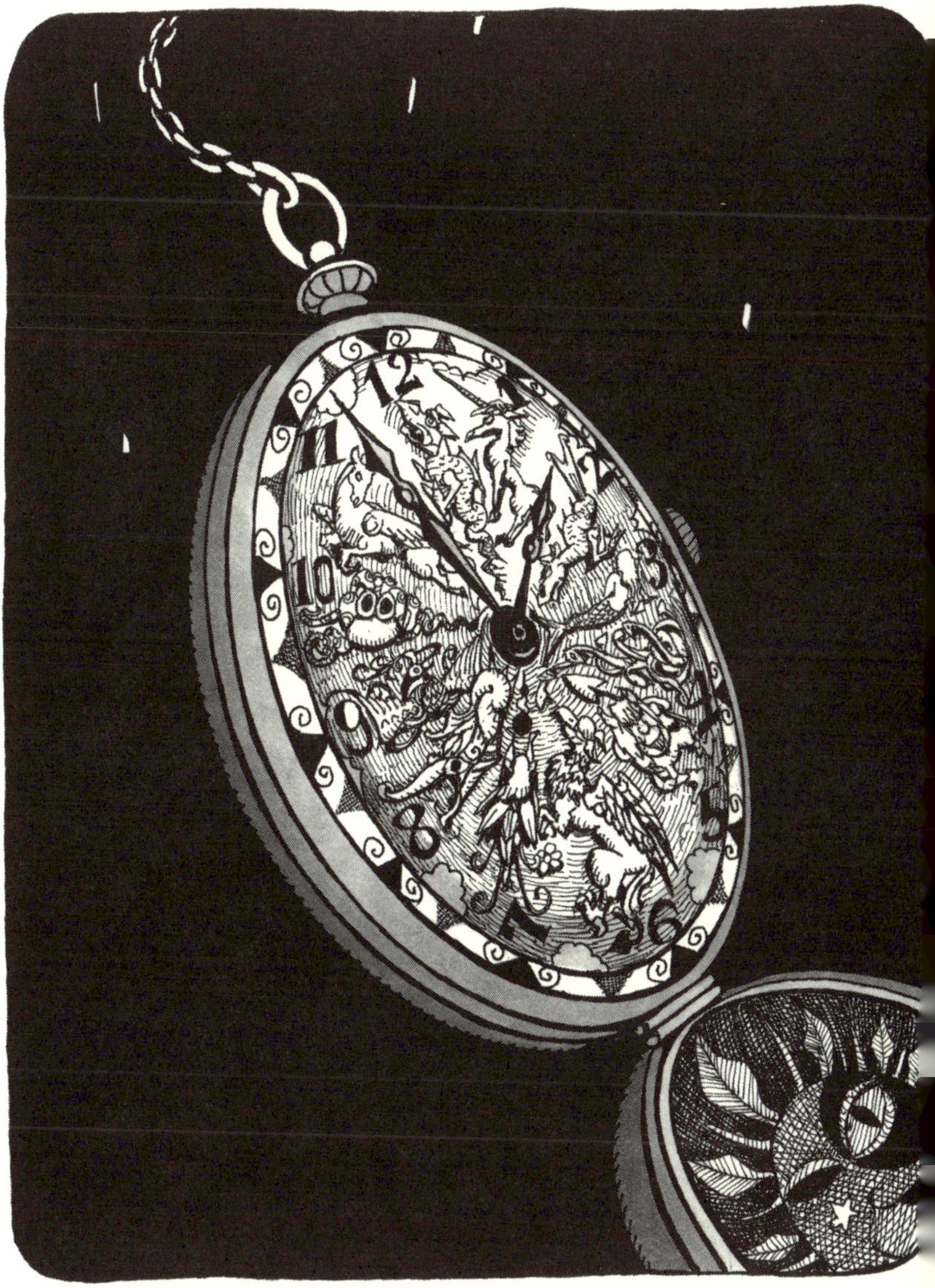

「本当だ。見なさい」

ジンは父の手から時計を受け取った。

本当だった。時計にはめこまれたガラスには細いひびが入っていたし、落ちた衝撃《しょうげき》で、幻獣《げんじゅう》たちの体のあちこちが欠け落ちてしまっている。針《はり》も一本、はずれてしまっていた。見事な出来栄《できば》えゆえに、繊細《せんさい》なものだったのだろう。

無残なこわれ方に、ジンは息が止まってしまいそうだった。悲しくて、そしてこわくて、おそろしくて。

そんなジンを追いつめるように、父は重々しく言った。

「おまえ、とんでもないことをしたな。おじいちゃんの作品をこわすなんて。……あの人がこれを知ったら、どんなに悲しむか、わかっているのか？」

「…………」

「ただ謝《あやま》っても、きっと許《ゆる》してはくれないだろう。時計はおじいちゃんの宝物《たからもの》、命と言ってもいいものだからな。……おまえの顔など見たくもないと思うはずだ」

うわっと、ジンは泣き出してしまった。自分がしでかしてしまった罪《つみ》の重さに、耐《た》えきれなかったのだ。

「ど、どうしたら、ひぐ、い、いいの？」

「立派《りっぱ》な人間になりなさい、ジン」

がしりと、父はジンの両肩《りょうかた》をつかんできた。その目は奇妙《きみょう》にぎらついていて、口元には薄《うす》く笑いさえ浮《う》かんでいた。

「おじいちゃんがほこりに思ってくれるような、立派《りっぱ》な人間になるんだ。そうすれば、おじいちゃんもいつか許《ゆる》してくれるだろう。大丈夫《だいじょうぶ》だ。私《わたし》が導《みちび》いてやる。私の言うとおりにすればいいから」

私はおまえの味方だよと言われ、ジンは泣きながら父にしがみついた。

父はジンを部屋から連れ出し、祖父《そふ》に会うことなく家にもどった。

その日から、ジンはなんでも父の言うとおりにするようにした。勉強をしっかりして、父がすすめる服を着て、すすめられた本を読んで。とてもつらかったが、これは罰《ばつ》だと思って、受け入れた。それに、いい子になれば、また祖父に会えるはず。それを心の支《ささ》えにして、がんばった。

というのも、あれ以来、祖父《そふ》からの連絡《れんらく》がぴたりと途絶《とだ》えてしまったからだ。手紙も電話も来ない。もちろん、家にも遊びに来てくれない。かと言って、ジンのほうから祖父のところへ行くことはできなかった。そんな勇気はなかったし、「何しに来た！」と怒鳴《どな》られるのがこわかったのだ。

それでもときどき、父に聞いてみた。

「おじいちゃんからなんか知らせはあった？」

おそるおそる聞くジンに、父はいつも憂鬱《ゆううつ》そうにうなずいた。

「ああ。……残念ながら、まだおまえのことをすごくおこっているようだ。あの人はがんこだからね。もう少し時間を空けたほうがいいだろう」

そう言われるたびに、心臓《しんぞう》をつかまれるような気がした。

そうこうするうちに、ジンは十二歳《さい》の誕生日《たんじょうび》を迎《むか》えた。その日を、ジンは待ちわびていた。心の中で、少し期待していたのだ。

もしかしたら、今日はおじいちゃんが来てくれるかもしれない。じゃなければ、プレゼントを送ってきてくれるかもしれない。もうおこってないよという意味をこめて。何か少しでもそういうしるしをもらえれば、ぼくは一目散におじいちゃんのところに行って、謝《あやま》ることができるんだ。だから、しるしがほしい。どうかどうか、おじいちゃん、ぼくを許《ゆる》すって言って。

祈《いの》りながら一日待ったが、祖《そ》父《ふ》は来てくれなかった。プレゼントも届《とど》かなかった。まだ許してはもらえないのだ。

絶望《ぜつぼう》のあまり、ジンはその夜、ひたすらベッドで泣いた。

結局、再会《さいかい》することなく、祖父は亡《な》くなってしまった。ジンの誕生日《たんじょうび》からほぼ半年後のことだ。

父からそれを知らされた時から、ジンは自分で考えるのをやめた。父の言いなりになって生きるほうがいいと、わかったのだ。

父に従《したが》っていれば、何かを疑《うたが》ったりこわくなったりすることもない。感覚がマヒしていくように、何も感じなくなるのは楽でいい。祖父からもらった時計作りの道具にも二度と触《さわ》らなかった。祖父を思い出すのがいやで、存在《そんざい》そのものを忘《わす》れたかったから。

そうして、思い出はすべて心の奥底《おくそこ》に封印《ふういん》され、父の思いどおりに動く、父の分身ジンが出来上がったのだ。

あふれた記憶《きおく》はあまりにも多く、混乱《こんらん》のあまり頭痛《ずつう》までしてきた。

「うっ……ううう……」

うめきながら顔をおおうジンに、魔法使《まほうつか》いはやさしくささやいた。

「じつは、伝言も預《あず》かっているのです」

「で、伝言って、祖父《そふ》からですか？」

「はい。どうぞお聞きください」

そう言って、魔法使いが取りだしたのは、大きな巻貝《まきがい》だった。真珠《しんじゅ》色に淡《あわ》く光っていて、しっかりとコルクのふたがはめこまれている。魔法使いがそのコルクを引きぬくと、貝から深みのある温かい声が流れ出てきた。

「かわいい孫のジン。元気にしているかい？」

どっと、ジンの目から涙《なみだ》があふれた。

覚えている。この声は祖父のものだ。間違《まちが》いない。

まるですぐ目の前に祖父《そふ》がいるような気がして、涙《なみだ》が止まらなくなってしまった。その間も、貝殻《かいがら》に封《ふう》じられたギンの言葉はよどみなく流れつづけた。

「ジン。急にうちに来なくなったのは、やっぱり、あの時計のせいかい？　そのことなら、私《わたし》はまったくおこりもがっかりもしてないよ。形あるものはいずれはこわれる。だから、大切に使う意味があるんだ。そう伝えるために、何度も手紙を送ったし、会いにも行ったんだよ。でも、手紙は届《とど》かなかったようだね。私のほうも、いつも『あの子は会いたくないそうです』と、追い返されてしまったんだ。そうこうするうちに、私に病気が見つかってしまってね。だから、形見としてこの時計をこわれたまま、おまえに残すと決めた。これを私が直してしまうのは簡単《かんたん》だが、それではおまえのためにならないと思ってね。でも、このまま残しておけば、おまえのお父さんは私が死んだあと、おまえにわたすことなく処《しょ》分《ぶん》してしまうだろう。だから、十年屋さんにたのんで、預《あず》かってもらうことにした。受取人をおまえに指定してね。

ああ、ジン。おまえは今、二十一歳《さい》なんだろう。どんな大人になっているか、私は少し心配している。というのも、おまえのそばにはお父さんがいるからだ。おまえのお父さんは頭が良くて金もうけにはすぐれている人かもしれないが、心は貧《まず》しい。おまえが染《そ》まっていないか、心配でならない。どうか、ジン、心を失わないでくれ。時計職人《しょくにん》になると笑《え》顔《がお》で言ってくれた少年の心を忘《わす》れないでくれ。私《わたし》からの切なるたのみだ。時計職人にならなくたっていい。ただ、おまえが実りある人生を過《す》ごせることを願っている」

メッセージはそこで終わった。

静寂《せいじゃく》が広がる中、ジンは石像《せきぞう》のようにかたまっていた。もはや涙《なみだ》も止まっていた。

しばらくしてから、ジンはのろのろと魔法使《まほうつか》いを見た。

「おじいちゃんは……ぼくを、許《ゆる》してた？」

「そのあたりの事情《じじょう》は存《ぞん》じませんが、あなたにとても会いたがっておられたのは本当ですよ。あの子のことが心配だとしきりにおっしゃっておられたので、この貝にメッセージを吹《ふ》きこむことをおすすめしたのです」

「…………」

「ともかく、お預《あず》かりしていたものはこれで全部です。さて、どうなさいます？　このこわれた時計を持ち帰られますか？　それとも、受け取りを拒否《きょひ》なさいますか？　どちらでも、お好きなほうをお選びください」

「…………」

ジンは長い間、懐中時計《かいちゅうどけい》を見つめていた。頭の中ではさまざまな思いや考えが、火山のマグマのように噴《ふ》き上がってきていた。

おじいちゃんはぼくに会いたがっていた？　ぼくを許《ゆる》していた？　なのに、なぜ？

……ああ、そうか。父さんだ。父さんが全部やったんだ。ぼくを操《あやつ》り、おじいちゃんから遠ざけた。父さんのせいだったんだ。

そう思うと、そのきっかけになったこの時計が憎《にく》いような気もする。でも、これは祖父《そふ》が自分のために作ってくれたものでもあるのだ。こわれたままで残したのにも、ちゃんと意味がある。

ジンは夢《ゆめ》から覚めたような気持ちで、ぎゅっと懐中時計を握《にぎ》りしめ、自分の胸《むね》に押《お》し当てた。

こうして懐中時計はジンのものとなった。だが、これで終わりではないと、ジンはふたたび魔法使《まほうつか》いを見た。

「同じ品物をもう一度預《あず》けることって、できるんですか?」

「はい、できますよ。その場合は、新たにお客様の時間を一年分、払《はら》っていただくことになるのですが」

「時間?」

ふわっと、魔法使《まほうつか》いが微笑《ほほえ》んだ。

「ここは十年屋、十年間の保管《ほかん》に対して一年の寿命《じゅみょう》をいただく店ですので。ギン様も、残りの寿命をすべてお支払《しはら》いになって、この時計をこちらに預けられたのですよ」

そうまでして、祖父《そふ》は自分の想《おも》いをジンにわたしたかったということだ。その想いに応《こた》えなくてはという気持ちがますます高まった。

「では、ぼくから寿命を取ってください」

「この時計を、また十年預けると?」

「はい。今のぼくでは、この時計を直せないので。……十年の間に、その時計を修理《しゅうり》できるほどの時計職人《しょくにん》になってみせます」

決意をたたえた青年の目を、魔法使いはじっと見つめ返した。それから、にこっと笑ったのだ。

「もしかしたら、もっと早く迎《むか》えに来られるかもしれませんね。ギン様は、あなたは自慢《じまん》の孫だとおっしゃっておいででした。時計作りの才能《さいのう》もあるようだと。……では、改めてのお預《あず》かりと言うことで、契約《けいやく》をいたしましょう」

その後、契約書にサインをしたジンは、ふたたび元いた公園へと舞《ま》いもどった。

ふうっと、ジンは息をついた。さて、これからいそがしくなる。時計職人《しょくにん》になるための修業先《しゅぎょうさき》を見つけなければ。祖父《そふ》の仕事仲間のつてを当たれば、それはなんとかなるだろう。だが、その前に今やっている事業をしかるべき形で終わらせ、身の周りもきれいにしなくては。

いちばん厄介《やっかい》なのは、父だ。時計職人になると言ったら、父のことだ、烈火《れっか》のごとく怒《いか》り狂《くる》うだろう。正直、あの人に逆《さか》らうことを考えただけで、身がすくむ思いがする。長年、父にしめつけられていた心や人格《じんかく》は、そう簡単《かんたん》には変えられないものだ。

だが、今のジンには祖父の残してくれた言葉がある。あの一言一言が、父に抵抗《ていこう》するジンを守ってくれるだろう。そしてなにより、時計を直したいという目標ができたのだ。何かをやりたいと思うのはひさしぶりだ。

大きく息を吸《す》いこみながら、ジンは空を見た。きれいな青い空だ。ちゃんときれいだと思えるのは、何年ぶりだろう。

ふと思った。自分に起こった出来事と変化を、ニナに話したいと。

この時間なら、たぶん、大学の研究室にいるはずだ。ニナに今すぐ会わなくては。

ジンは大急ぎで大学に向かって歩き出した。

6 作り直しの魔法《まほう》

古びた品でいっぱいの不思議な店「十年屋」。そのごちゃごちゃとした店内の奥《おく》の棚《たな》には、小さなどくろが一つ、置いてある。両目に大粒《おおつぶ》のダイヤモンドがはめこまれ、銀のように磨《みが》かれたどくろだ。

かたかたかた。かたかたかた。

ふいに、どくろが激《はげ》しく歯をかみあわせはじめた。目にはまったダイヤモンドも、ぎらぎらときらめきだす。

執事猫《しつじねこ》のカラシとともに、店内のそうじをしていた十年屋は、急いで棚にかけより、どくろを取って耳に近づけた。

「はい、十年屋です」

「よう、若造《わかぞう》！　元気かーい？」

元気がいい、というより、けたたましい声をどくろが放った。

「……ツルさんですか。おひさしぶりですね」

「あいかわらずじじくさい声をしてるねえ、あんた。見た目は若《わか》いんだから、もっとぴちぴちな声で話しておくれよ。聞いてるあたしのほうまで老《ふ》けこんじまう」

「……こういう地声なので。それよりなんのご用でしょう？」

「うん。また材料がなくなってきたからさ、そろそろそっちで調達させてもらうわ。ってことで、三時に行くから」

「ちょっ！　ちょっと待ってください。いきなりそんなこと言われても、こちらにも都合が……」

「ああ、聞こえない聞こえなーい！　通信どくろの調子がいまいちみたいだねぇ。ってことで、あとでねぇ」

一方的にまくしたてて、どくろはぴたっとだまりこんでしまった。

ため息をつきながらどくろを棚《たな》にもどしたあと、十年屋はぞうきんがけをしているカラシに声をかけた。

「ツルさんが来るよ」

きゅっと、カラシの耳がひらべったくなった。

「……あの人、カラシは苦手なのです」

「実を言うと、私《わたし》もだよ。でも、しかたないね。あの人はここのお得意様だし。三時に来ると言ったから、きっかりそのとおりに押《お》しかけてくるだろうね。カラシ、ドアに閉店中《へいてん》の札をかけておいておくれ。普通《ふつう》のお客様がツルさんとかちあってしまったら、あまりにお気《き》の毒《どく》だ」

「はいなのです」

カラシが札をかけに行っている間に、十年屋は手際《てぎわ》よくそうじ道具を片《かた》づけた。それから紫《むらさき》色のチョークで大きな円を床《ゆか》に描《えが》き、そこに不思議な模様《もよう》や言葉をかきこんだ。

「よし。魔法陣《まほうじん》もできた。……三時まであと十五分か」

「……カラシは奥《おく》に行っていてもいいなのですか？」

「おいおい。私《わたし》を一人残していくなんて、薄情《はくじょう》すぎるよ。ここにいておくれ。今夜の夕食に大きな魚を焼いてあげるから」

「……デザートにクリームもつけてくれるなのです？」

「ちゃっかりしてるねえ、君も。わかった。それじゃクリームのデザートつきにするから」

「それなら残るなのです」

それから十五分間、十年屋とカラシはなんとなくそわそわしながら客人の訪《おとず》れを待った。と、すみに置いてある大時計がボーンボーンと鳴りだした。三時になったのだ。一人と一匹《ぴき》は身がまえるように息をつめ、だまって床《ゆか》の魔法陣《まほうじん》を見つめた。

そして、大時計が三つ目のボーンを鳴り響《ひび》かせた直後……。

店のドアがばーんと開かれた。

思わぬ方向からの物音に、十年屋もカラシも飛び上がってしまった。

「わっ！」

「みぎゃ！」

振《ふ》り返《かえ》れば、おばあさんが一人、勢《いきお》いよく入ってくるところだった。

おそろしく元気のよさそうなおばあさんだった。サーモンピンクに染《そ》めた髪《かみ》はボブカットにしており、ガラス瓶《びん》の底で作ったかのような分厚《ぶあつ》い眼鏡《めがね》をかけている。

つばが広い真っ赤な帽子《ぼうし》をかぶっているが、この帽子がこれまた奇抜《きばつ》だ。頭の部分にはまち針《ばり》や針がたくさん刺《さ》してあり、まるで針山のようだし、つばのところには、いくつもの糸巻《いとま》きや毛糸玉が飾《かざ》りのようにのせてある。銀のはさみも一丁ついている。

着ているのはワンピースだが、何色なのかはわからない。布地《ぬのじ》の色が見えないほど、無数のボタンがびっしりと縫《ぬ》いつけてあるからだ。

ハンドバッグのかわりに、水色のテディベア型のリュックサックを背負《せお》っている。でも、このテディベアときたら、つぎはぎだらけで顔つきもごつく、まるでフランケンシュタインのようだ。

突飛《とっぴ》な身なりのおばあさんに、十年屋は胸《むね》を押《お》さえながら弱々しく言った。

「ツルさん……びっくりしましたよ。てっきり魔《ま》法《ほう》で来るかと思って、魔《ま》法《ほう》陣《じん》をかいて待っていたのに」

「そりゃ悪かった。今日は普《ふ》通《つう》のルートで来たんだよ。けど、あんたの店まで道がややこしいったら。これじゃ、品物を引き取りに来る客は苦労するだろうね」

「ご心配なく。昔は、地図をたどって来ていただいていましたが、今はこちらから招《まね》きの魔《ま》法《ほう》をかけていますから」

「へえ。そりゃ親切なことだね」

「いいえ。大事な品物を早く迎《むか》えに行こうと、気もそぞろになるお客様もいらっしゃいましてね。前にそういう方の一人が事《じ》故《こ》に遭《あ》われてしまって……それで、今のようにやり方を変えたのです」

すっと、カラシが目を伏《ふ》せた。涙《なみだ》をこらえるかのように肩《かた》を震《ふる》わせる。それを見て、何かを感じたのだろう。ツルさんと呼《よ》ばれたおばあさんは、話題を切り替《か》えるように明るく言った。

「ま、それはともかく、さっそく店の中を見させてもらうよ。このところ、うちの商品がよく売れてね。また新しいのを作らなきゃならないんだ」

「どうぞ。ゆっくり見ていってください。その間にこちらはお茶の用意でもしておきましょう」

「ありがとさん。あたしゃいつもどおりコーヒーを。砂糖《さとう》は三杯《ばい》、ミルクなしで」

「そのへんは心得ていますよ。ね、カラシ？」

「はいなのです」

「いい猫《ねこ》ちゃんだ。……ねえ、あんた、あたしんとこに来ないかい？」

「ツルさん。ここに来るたびに、うちの執事《しつじ》を引きぬこうとするのはやめてくださいよ。ほら、カラシ。奥《おく》に行って、コーヒーの支度《したく》をしてきておくれ」

「はいなのです」

大急ぎでカラシは走り去った。ツルさんは残念そうにちっと舌《した》を鳴らした。

「ちぇ。また逃《に》げられた」

「やめてくださいと言っているでしょう？　カラシだって迷惑《めいわく》ですよ」

「しかたないじゃないか。あたしゃかわいいものに目がないんだから。あの猫ちゃんはすごくかわいいし、うちの店にいてくれたほうがいいと思うんだけどねえ」

ぶつくさ言いながら、ツルさんは店内を歩き始めた。積《つ》み重ねられた品々を見定め、すきまをのぞきこんでは奥にあるものを引っ張《ぱ》り出す。なかなか取れないものもあり、ツルさんはふたたび文句《もんく》を言った。

「あんたね、ちっとは店の中を片《かた》づけたらどうだい？　なんでもかんでも置きっぱなしにして。これじゃどこに何があるのか、わかりにくくて、しょうがないよ」

「ツルさんに宝探《たからさが》しの気分を味わわせてあげたいと思いまして」

「都合のいい言いわけをするんじゃないよ。ただ単に片づけが下手なだけだろう？　ああ、くそ。奥《おく》のが取りにくいったら」

文句を言いつづけながら、ツルさんは自分が気に入ったものを見つけては、床《ゆか》に並《なら》べていった。

「ふうん。この手袋《てぶくろ》はいいね。こっちの壺《つぼ》と日傘《ひがさ》もおもしろく使えそうだ。おっと、このビー玉もいいじゃないか」

でも、ツルさんがいちばん喜んだのは、猫《ねこ》の形をした雪だるまだった。それを見つけたとたん、歓声《かんせい》をあげてはしゃぎだした。

「こりゃいい！　すごくいいものじゃないか！」

「さすがはツルさん。お目が高い」

「そりゃそうさ。これを見逃《みのが》すようなら、あたしゃ、作り直しの魔法使《まほうつか》い失格《しっかく》だ。とんだもぐりだよ。うん。うん。いいねぇ。……男の子と女の子。それに雪。うんうん。イメージがわいてきた。こいつはこの場で作り直させてもらうよ。ちょっと場所をかしとくれ。ほら、そこの木箱と樽《たる》をどかして。早く！」

「はいはい」

十年屋は言われたとおりに物をどかして、ちょっとしたスペースを作ってやった。

そこに雪だるまを置くと、ツルさんは歌いだした。

松葉にいらくさ、黒イバラ。針《はり》の守り手よ、ここに来よ
砥草《とくさ》に綿草《わたぐさ》、はさみ草。わが呼《よ》び声にいざ集《つど》え
古き記憶《きおく》を織《お》り直し、未来に向けて仕立てあげよ
こわれたものが生まれ変わり、新たな歌が始まるように

ツルさんの歌声に合わせ、帽子《ぼうし》にのったはさみと針が浮《う》かびあがった。糸巻《いとま》きからも糸

がのび始める。はさみは、ちょきちょきと、まるで空気を切り取るように動き、針《はり》と糸はそれに合わせて、ちくちくと踊《おど》っていく。見えない布《ぬの》を仕立てているかのような、不思議な光景《こうけい》だ。

次第に光が集まりだした。光に包まれ、雪だるまは徐々《じょじょ》に小さくなっていく。そして……。

雪だるまは消え、かわりにスノードームがそこに現《あらわ》れた。

水晶玉のように丸く透《す》きとおったスノードーム。中には、小さな男の子と女の子がいて、仲良く雪だるまを作っている。雪だるまは猫《ねこ》の形をしていた。男の子は背《せ》のびをして、耳をとりつけている。女の子はひげがわりの枝《えだ》を差しこんで、顔を作っている。見ているだけで、雪遊びの楽しさがこちらに伝わってくるような品だ。

息をつめて見守っていた十年屋も、思わず笑顔《えがお》になった。

「お見事！　ツルさんの作り直しの魔法《まほう》は、やっぱりすばらしいですね」

「ふふ。当然さね。ま、今回は元となった材料もよかったし。うん。われながらいい出来だよ」

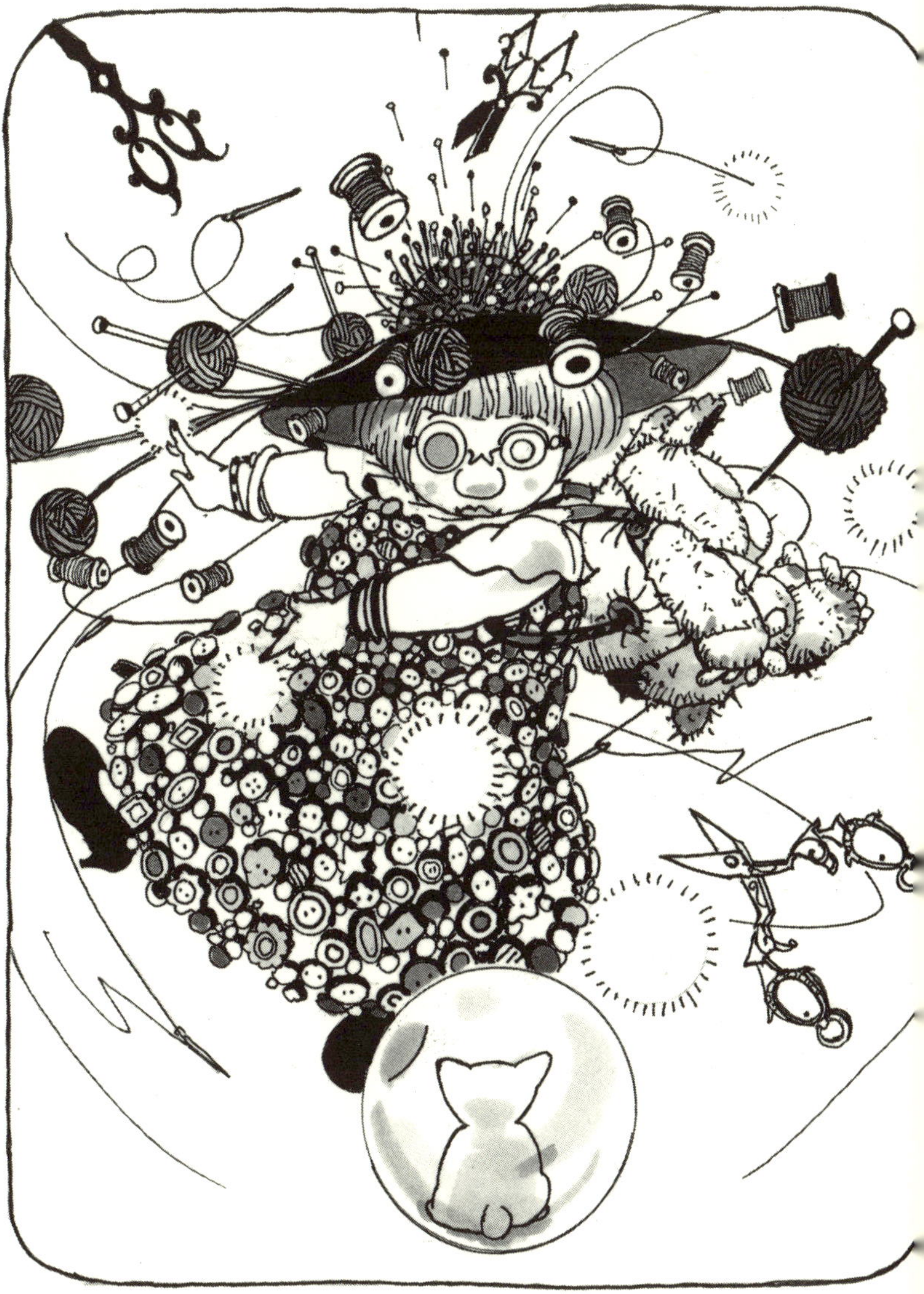

満足そうに言いながら、ツルさんはスノードームを手に持ち、軽くゆすった。すると、ガラス玉の中に雪が舞《ま》い散りだした。スノードームの世界はますます冬らしくなる。

十年屋もツルさんも、しばらくそれに見入った。やがてツルさんがふとつぶやいた。

「このスノードームはほんとに気に入ったよ。できれば、手元にずっと置いておきたいとこだけど……きっとすぐに売れちまうだろうねえ」

「ええ。きっと、このスノードームにふさわしい人が買っていくことでしょう」

そのとき、奥《おく》からカラシが出てきた。

「コーヒーとイチゴタルトの用意ができたなのです」

「おっ。さっすが猫《ねこ》ちゃん、タイミングがいいねぇ。しかもイチゴタルトとは気が利《き》いてるじゃないか。あたしの大好物だよ。……あんた、やっぱり、あたしのとこに来ないかい？　お給料もはずむからさ」

「ツルさん！」

「わかったわかった。そんなこわい声を出さないでおくれよ。これ以上は言わないから。イチゴタルトにありつく前に追い出されるのはごめんだからね」

「あなたのそういう図々しいところが、私《わたし》たちは苦手なんですよ」

「そういうことは言いっこなし。さ、コーヒータイムにしようじゃないか。一息ついたら、また材料探《さが》しだ。今日はとことん探させてもらうから」

「……お好きなようになさってください」

「そうするともさ。でも、まずはタルトを食べなきゃ」

うきうきした様子で、ツルさんは真っ先に奥《おく》へとかけていってしまった。

十年屋とカラシは顔を見合わせ、くすりと笑いあった。

「さ、私たちも行こうか。早く行かないと、タルトを全部食べられてしまう」

「大丈夫《だいじょうぶ》なのです。予備《よび》を台所にかくしてあるなのです」

「やるじゃないか、カラシ。これはごほうびをあげなきゃいけないね」

「それじゃ、今度イワシの缶詰《かんづめ》を買ってほしいなのです。高いやつ」

「いいよ。二つ買ってあげよう」

「やったなのです！」

そんなことを話しながら、十年屋とカラシは奥へと向かったのだ。

エピローグ

大好きなロロへ。

元気ですか？　先生はあいかわらず厳《きび》しい？　でも、その分、腕《うで》があがっていくのがわかるって、前の手紙に書いてあったから、がんばっているロロの姿《すがた》が目に浮《う》かびます。でも、がんばりすぎて、体をこわしたりしてないか、ちょっと心配です。くれぐれも無理はしないでね。

私《わたし》からはうれしいお知らせです。この前試した新しい薬が効《き》いたらしくて、すごく体調がよくなったの。もしかしたら、次の新年にそちらに行けるかもしれません。そう。この私が外国まで出かけられるかもしれないの。すごいことでしょう？

それからもう一つ報告《ほうこく》があります。昨日、病院に行く時、小さな雑貨屋《ざっかや》さんの前を通ったの。『作り直し屋』という名前で、雰囲気《ふんいき》がすてきだったから、思わず入ってしまったんだけど、そこでとてもかわいいスノードームを見つけたんです。ガラス玉の中で、男の子と女の子が雪だるまを作っているの。なんだか、昔の私《わたし》たちを思い出して、どうしてもほしくなって買ってしまいました。

今、あなたがくれた猫《ねこ》の像《ぞう》の横に置いています。並《なら》べておくと、すごくしっくりくるの。どうしてかわからないけれど、どちらもあなたのことをすごく思い出させてくれる。だから、あなたがいない間、この二つを見て過《す》ごします。ああ、やきもちは焼かないでね。このスノードームを作ったのは、おばあさんなのだから。ふふ、どんなおばあさんだったかは、今度会った時に話すとします。

では、体に気をつけて。あなたにまた会える日を心待ちにしています。

カウリより。

廣嶋玲子　作
ひろしま・れいこ／神奈川県生まれ。『水妖の森』でジュニア冒険小説大賞受賞、『狐霊の檻』でうつのみやこども賞受賞。主な作品に「ふしぎ駄菓子屋銭天堂」シリーズ、「もののけ屋」シリーズなど。

佐竹美保　絵
さたけ・みほ／挿絵画家。SF、ファンタジーなどの分野で多くの作品を手がける。挿絵を担当した主な作品に『魔法使いハウルと火の悪魔』『アーサー王物語』『ヨーレのクマー』『ローワンと魔法の地図』『邪馬台戦記』、「ハリー・ポッター」シリーズなど。

十年屋《じゅうねんや》　時《とき》の魔法《まほう》はいかがでしょう？
2018年7月11日　第1刷発行
2022年4月15日　第12刷発行

作　者　廣嶋玲子
画　家　佐竹美保
発行者　松岡佑子
発行所　株式会社静山社
〒102-0073　東京都千代田区九段北1-15-15
電話 03-5210-7221
https://www.sayzansha.com
印刷・製本　中央精版印刷株式会社
装　丁　田中久子
編　集　荻原華林

本書の無断複写複製は著作権法により例外を除き禁じられています。
また、私的使用以外のいかなる電子複写複製も認められておりません。
落丁・乱丁の場合はお取り替えいたします。

© Reiko Hiroshima, Miho Satake 2018
Printed in Japan
ISBN978-4-86389-453-2